一部从末代皇妃到现代女性的心灵史

末代皇妃

文绣传

徐金云 ◎ 著

长江出版传媒　长江文艺出版社

图书在版编目（CIP）数据

末代皇妃：文绣传 / 徐金云著. -- 武汉：长江文艺出版社，2018.6（2024.8 重印）

ISBN 978-7-5702-0360-4

Ⅰ. ①末… Ⅱ. ①徐… Ⅲ. ①传记小说－中国－当代 Ⅳ. ①I247.5

中国版本图书馆 CIP 数据核字 (2018) 第 073798 号

责任编辑：高田宏　　　　　　　　　　责任校对：毛季慧
封面设计：回归线视觉传达　　　　　　责任印制：邱　莉　丁　涛

出版：长江出版传媒　长江文艺出版社

地址：武汉市雄楚大街 268 号　　　　邮编：430070
发行：长江文艺出版社
电话：027—87679360
http://www.cjlap.com
印刷：三河市百盛印装有限公司

开本：640 毫米×970 毫米　　1/16　　印张：14.25
版次：2018 年 6 月第 1 版　　　　2024 年 8 月第 2 次印刷
字数：159 千字

定价：55.00 元

目录

文绣，一个真诚的女子

——序徐金云《末代皇妃——文绣传》

石　楠

"花开各枝，皆为绝唱。"我认为这句话对文学领域的各种风格和体裁做出了最公允的评断。事实上每个文学人都有闪光点的存在。纵古论今，盛世当前，坚持文化自信是国之风采。而我们安徽近年来也是文才辈出。让我这般年高体虚的老辈文学人心中欣喜。所以我在想，一个终身热爱文学的人，能在暮年再见明珠璀璨，人生便也是一种圆满了。文学的世界浩瀚无垠，在中华民族几千年的光辉岁月中，文学的美与智贯穿始终，让人敬畏。所以每一个文学人在坚毅的品格后面多有一颗谦卑的心，这让每一个人都是在一边学习一边前行。

特别一提的是，近年来我们安徽省"80后"青年女作家徐金云（笔名：金芽），也是具有了以上的才德。徐金云出自农家，虽然早早辍学，但她仍然热爱学习，成年后，她也从未放弃过对文学的热爱和执着追求。徐金云初涉文坛，便出手不凡，为文学世界里的浮躁和虚夸，带来了一股清新的风。她的首部作品长篇历史小说《瓦屑坝》一经面世，便得到了诸多学者的认可，以及众多移民子孙的赞许。徐金云的《瓦屑坝》也助推了江西省瓦屑坝村移民文化及整个鄱阳湖文化的发掘和发展，在这部作品的感召下，当地正在抢救性保护相关重要文物，并筹建首个民俗文化馆。而这一切，更体现了文学所最应该具备的社会价值及深远意义。因为《瓦屑坝》一书不仅具有极高的思想深度和艺术美感，还能让每一个读者从中领悟身为中华子孙的骄傲，这种绿叶对根的情怀，正如中国人自古以来对国与家的挚爱。所以说文学不能只注重其华美的词藻和浅显的外在。总之文学服务社会的实际意义不能被忽视。而以上这些，青年女作家徐金云她做到了，当然也或许她正在努力做得更好。近期，她的第二部作品《末代皇妃——文绣传》脱稿了，给了我再一次惊喜。我在写作之初，就有为古今才媛立传之念，我的大部分作品写的是女性。我笔下的诸多女性人物的人生道路各不相同，但她们有个共同点，就是把苦难踩在脚下，为实现各自的人生价值奋勇向前，为国家民族的兴盛，为社会的进步作出了自己最大的努力，她们的人生无不闪光。金云说她在写文绣，我却不以为然。因为我不看好这个题材，而对那个末代皇帝也没有好感。这是因为我不了解文绣这个人。当她将完成的书稿一章一章读给我听后，我对文绣这个清末民初的奇女子有了一个全面的了解。通过作者徐金云务实、睿智的笔触，我看到了一个勇敢、聪慧，并具有强烈的爱国情操的真诚女子形象。不得不说，徐金云继《瓦屑坝》之后，又再一次为文坛增添了一束光彩。她的文风承继了我国古典文学的抒情韵味，又运用了现代独特的叙事风格，在跳跃腾挪间，她那别具一格的原创诗和颇具个人味道的词牌，让全文非常好地充满了连环相扣的可读性和鉴赏性。

回想我自己的青春年少，我是那样的崇拜唐诗宋词的格律和味道，还有我国四大名著的精深。那时我就在想：中华民族的智慧实在太伟大了。后来，即使年岁渐长，白发渐生，世界在飞速发展，我们的日常社会也在日益革新。但我还是坚持认为，中国人当有中国人的风采，其中就包括文学。所谓"文运如同国运"，我的理解是不管未来如何，中国人就该有中国人的神，中国人的气。而中国人写的文字，总要能体现中国人的情思与审美。徐金云的文字里蕴含了中国诗词的独特韵味，回荡着中国人的气，传递出中国人的神，已具有她独有风貌。这部书，值得一读。

楔 子

据说当年末代皇帝溥仪出版《我的前半生》一书时，出版社曾要求他整理并提供与淑妃文绣在1931年离婚时轰动全国的各种报道，其中就有文绣曾经回复族兄的关于自己离婚动机的信。如下：

文绮族兄大鉴：

妹妹与兄不同父只同祖，素无来往。妹入宫九载，未曾与兄见过一次。今兄竟肯以族兄关系，不顾中华民国刑法第二九九条及第三二五条之规定，而在报纸上公然教妹耐死，又公然诽谤三妹。如此忠勇，殊堪钦佩。惟妹所受祖宗遗训，以守法为立身之本。如为清朝民，即守清朝法；如为民国民，即守民国法。查民国宪法第六条，民国国民无男女、种族、宗教、阶级之区别，在法律上一律平等。妹因九年独居，未受过平等待遇，故于本年八月二十五日，在天津国民饭店跟同三位律师及该饭店执事人，经宫内赵香玉、齐先生往返，与逊帝商妥，准妹随三妹居住。对方委托律师商榷别居办法，此不过要求逊帝根据民国法律，施以人道之待遇，不使父母遗体受法外凌辱致死而已。不料，我族兄一再诬妹逃亡也，离异也，诈财也，违背祖宗遗训也，被一班小人所骗也，为他人作拍卖品也……

种种自残之语不一而足。岂知妹不堪在和解未破裂以前不能说出之苦，委托律师要求受人道待遇，终必受法律之保护。若吾兄教人耐死，系犯公诉罪，检察官见报，恐有检举之危险。至侮辱三妹，亦难免伊不向法院起诉。噫！因此一度愚诚，竟先代妹作拍卖品，使妹殊觉不安。故除向三妹解劝外，理合函请我兄嗣后多读法律书，向谨言慎行上做功夫，以免触犯民国之法律。

即使如今的我们再看文绣这篇公开诉诸报端的文章，也可见其不同凡响的文才造诣，以及她那非同一般的勇气。于是，对于这样一个在中国历史上，第一个敢于将皇帝诉上公堂并与之成功离婚的女子，我欣赏她的勇气和果敢，也同情她的遭遇和寂寞。正所谓：

娇娇身躯风雨同，
素素颜色花是容。
生来堪作玉为骨，
奈何淹没酸辣中。

第一章 京城物事

文绣说破天了也不过是一名女子，她为何与正常人有着不同的胆略呢？原来她生在北京，长在北京。所以京城的种种便也可能都是她特殊人生境遇里不可或缺的引导因素。于是，我们在打算全面了解这样一个不同寻常的女子时，最好得打破固有的思维先看一看京城的风貌。

从远处来说，我们泱泱大国，历史悠久，藏龙卧虎之地绝不可能只有北京城这一个地方。我在这里借用著名学者祝勇的说法，说北京城是个擅长出帝王将相的地方，我想不会有很多人反对。然而，在漫漫的历史长河中，这古老的帝都除了造就了多少金戈铁马逐鹿问鼎的英雄外，还留下了些什么呢？一百多前的北京城，正是我们中国历史上最后一个封建帝王溥仪丧失国统的伤心地。所以，美丽与哀愁是这个城市里外相衬的华丽衣装，曾经淹没的无数风流尽藏于此！在人们的心目中，北京城仍然是皇气逼人的不二之处。当然也是诱惑所在，更是英雄与美人的埋骨所在。

北京之所以被人们称为"北京城"，据说主要是因为曾经环绕各处的城墙，只可惜如今城墙大都被拆除了。幸好也留下来一些，总会让人们从中联想到某个王朝的繁华往昔和沧桑巨变。仅从一些残存下来的城墙遗迹看，顶多也只能算得上是一道泥土筑就而成的普通土坝，后来这些土坝又生出了枝条摇曳、舞动风姿的柳树，每当柳絮翻飞的时节，便成了恋人们躲避旁人目光的极好浪漫去处。僻静于一隅，好像已经被生活遗弃，却唯独是爱情的滋生地。于是，再次证明爱才是亘古不变的话题。

民间俗语说"明修长城清修庙"。从中可以看出，中国的最后一个延续了近 300 年的王朝，并不认为城墙真的有多大实用价值，它只是被征服者傲慢地视为征服的象征，当成贵族们抒发豪情或附庸风雅的装饰品。于是，一代一代的老北京人就在城墙根下津津乐道，远远地窥视着宫廷高墙内的莫测风云。

风雨北京城，历经王朝的更替，到了清末，久经风霜的它，任何犄角旮旯里都已经藏着满满的故事。京城的人们，衣食住行也样样都是被层层提炼后，变成了精致圆熟的文化。有句话说得好，秦砖汉瓦可能会随着时间的侵蚀而慢慢地腐烂掉，但唯独月光却还是透着那不朽的皎洁高高地挂在天空。如此，常人所见京城便处处都彰显着讲究、繁华的细节，好比那杂耍摊前唱野台子戏的也好，演西洋镜的也罢，或者是变戏法的，虽是各围各的圈，却也各有各的精彩。人们以能在京城安身立命为荣，北京城以海纳百川之态收容着他们。平民有平民的活法，一根糖葫芦，一碗杏仁茶或一碗臭豆汁，便觉得京城的滋味全齐了。但相比而言，那些王公显贵、仕宦学者们，可就比平民百姓更注重生活的细节了，于是乎，京城之内，各种茶馆、餐铺、酒楼林立，处处彰显着不同于别处的风采。

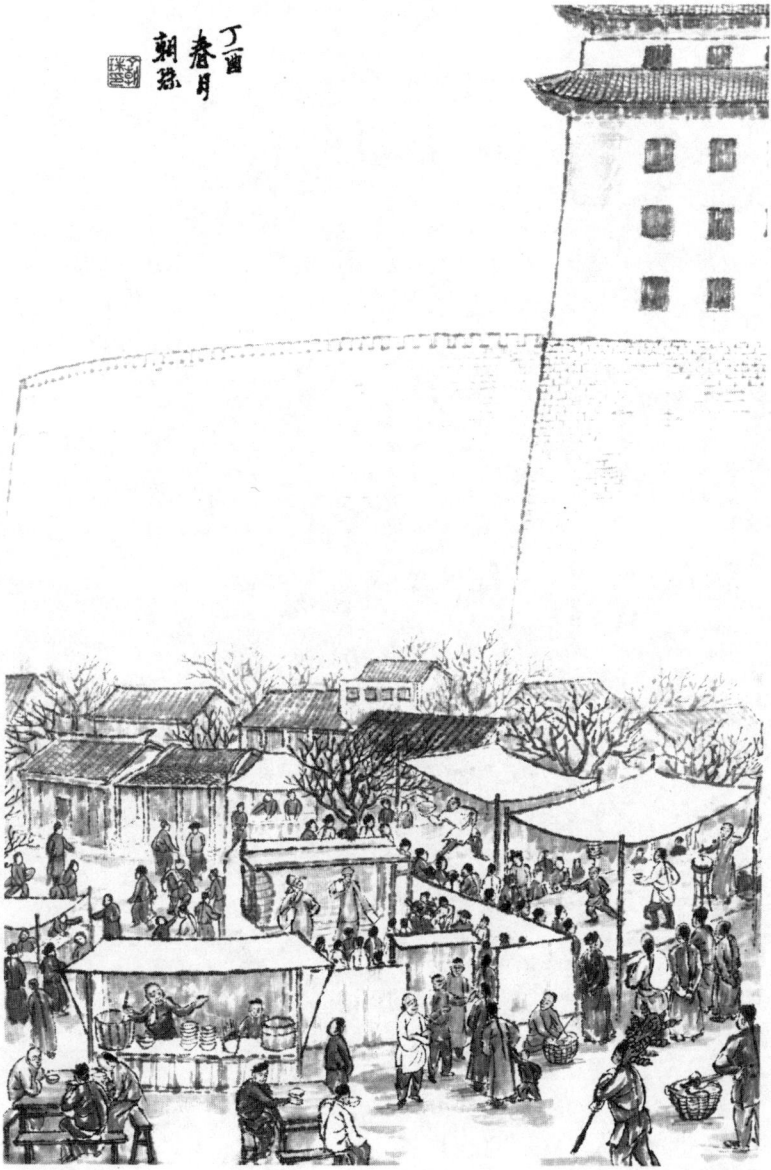

第二章 雏凤初生

　　北京城已是连着几日飞雪飘飘，滴水成冰。虽是京城，在这严寒之下，墙根子下或护城河边也偶尔会见到冻死、冻僵的可怜人。这样的人多半都是寻梦未果，却凄苦而死的外乡人。人们羡慕京城的繁华，也不得不承认其中包含的落寞。生与死便是这座城波诡云谲的气质。因此可以想象在那一道宫墙之内，是如何的堆金砌玉，温暖如春。你看，前门外肉市路全聚德原来的小门脸经过左充右扩，现如今就已盖起了两层的灰砖楼阁，那新制的勾线雕牌匾仿佛墨迹还未干透，在这寒冬飞雪的季节里仍然是光泽莹润，气派沉稳。此刻，只见方家胡同锡珍府总管秦庄已从全聚德门外拾级而入。因为他来得比较早，外面又是天寒地冻的光景，所以这店里接待散客的大堂还稍显冷清了点，但店伙计眼尖呀，他从被店内热气渲得雾蒙蒙的玻璃中刚望见了门外有客人到来，就连忙放下手中扫灰的鸡毛筶帚，迎上前一边帮着打帘子，一边亲切可心地招呼着。秦庄就势拍了拍身上的雪花片后，又在大堂四周张望了一遍，客气地问小二说："嘿，小哥！请问你家杨老板可在？"

　　小二听来客张口便直喊当家的老板，就心想"此客当是颇有来头"，于是他便机灵地回答道："先生莫急，杨老板一早就亲自把别家主顾前日预订的酒席菜送了过去，这会儿应该回来了。要不您先把菜点上，喝口热汤也好暖和身子。"

只见秦庄摆摆手，唱着一口地道的京腔示着意，大声地说："不急，本管家先在这等着，小哥您呢也别不自在，该怎么忙只顾着你自个儿就行。"

小二听到此话，也就只得顺水推舟且又很自然地回答："好嘞！"随即便又端上了热茶，说道："先生您暖暖身子。"

这样一来，秦庄也就毫不客气地先搓了搓冻得发红的双手，跟着舒坦地握住桌上热气腾腾的茶盅，新泡的茉莉花茶香气馥郁，是京城仕宦王公的喜爱之品，他毫不迟疑地准备端起来痛快地抿上一口，却听见小二在门边上，亲热热地喊："杨老板，您可回来了，这早上就有客主在等着您呢！"说着他就已经恭敬、快速地把杨老板迎到了秦庄跟前。店小二哪知自家店主与这位先生早已相熟。只见杨老板一边摘下头上的虎皮罩帽拍打着积雪，一边热络地招应着说："哟！这不是锡府上的秦管家吗？"

秦庄此时闻声也站起身准备作答，但只听精明的杨老板接着又说："看我这记性，前日就听几位客在座上说起您府上端恭大爷，新娶的蒋夫人前两日添了位小格格，这不，大年节边上，我还没得上空去府上道喜，实在失礼失礼！"说着人也就落下坐来，小二照例也是麻利地端上了一杯热茶后，自是忙着去店门前热情地招呼他人了。

秦庄急忙喜上眉梢地接过话来，连声地讲道："杨老板您这真是客气了，如今这全聚德誉满京城，生意兴隆，一时有个顾不上的也是常理，不过今日秦庄到您这里，正是为府上大房小格格的满月席而来。"

"呦！能在这个时候出世的那可都是贵人哪。您想这年节边上，那可不是吃喝不愁，应有尽有吗？"

"哈哈！秦某代府上小格格谢杨老板吉言。"

"府上能看重我全聚德实在是让杨某感激才对。"杨老板接着便开始将生意经上演了，满脸都是一副自卖自夸的神气，介绍着说："不是杨某在熟客面前弹老调，要说我这店里的招牌烤鸭那自然是京城的头一份。"

"对，那是公认的。"

"那是，秦管家您是吃家里的行家。我这从烤火的木料到蘸食的佐料样样用的可都是货真价实的好东西，一点都不掺杂次等货。"

"对，不然就出不了那独有的味。"

"不然府上也瞧不上，不是吗？"眼见来客越来越多，大堂内也越来越热闹，得意的杨老板很艺术地回答着。

"杨老板真是会做买卖的人，这回府上大爷是特别的叮嘱我，务必要将文绣格格的满月宴办得隆重些。"秦庄也将"文绣格格"这几个字眼嚷得高高的。

"小格格的名字起得好哇！文武双全，锦绣前程。"杨老板不但鸭烤得好，话也说得极好。

"是啊，这宴席的事还请杨老板多多费心呀！"秦庄一副交托重任的神情。

杨老板便又趁势拿出了一个生意人特有的热情，客气地说："秦管家不必客气，只要小店能办得到的，必当尽全力为府上喜上添彩。"又说："请您放心吧，俗话说得好，秋高鸭肥，只要您今儿个能把席面订下来，从明儿个开始，我就亲自来帮您备办文绣格格的满月宴席，保证能让宾主尽欢。"就这样，二人便你一言我一语细致地商量起相关事宜来。

雪 夜

瑶台宣纸造银城，

吾狂又见一年春，

也是昨夜东风起，

伤了往事的泪痕。

石榴汁美葡萄醇，

相伴相缠琉璃身，

红着脸儿醉美人。

盅杯尽，凤台鸣，

泰山蓬莱素妆迎，

万里河山空浮尘，

百草千花寂无声。

风流乾坤，

但愿长醉不愿醒。

第三章 锡府荣光

因为是快要过年了，所以只要天气稍一放晴，那街面上杂耍的、算命的、提笼遛鸟的，还有卖年画的，卖小吃的，和着城墙根下用炭火煨着热水来给人修脚的、理发的等等，为了趁着年前再多赚一些，就更比平常卖力地展示着自家的物件或手艺。方家胡同里也同样是一片子热闹非凡的景象。锡府门墙内，前吏部尚书锡珍的长子端恭继娶的正房夫人蒋氏，被一群仆妇争相围拢着。蒋氏虽是汉人家的女子，但嫁进锡府后，便一切依从夫家满人的习俗过日子。只见她身着华丽的旗装，头上梳着紧翘的发髻，斜靠在暖榻上，轻轻地抚摸着自己隆起的腹部，听管家秦庄跟她小心地讲说着府中各项事宜。

"夫人您是不是太累了，要不秦庄先去办别的事，您先歇会儿？"眼见主母蒋氏一头细密的汗珠，管家秦庄连忙关切地询问着。

"夫人您有哪里不舒服吗？"一旁的女仆也跟着就说。

"疼，肚子疼！"蒋氏洁净的前额上沁出了细密的汗珠，一脸痛苦的样子，半眯着眼简短地回应着。

"快叫产婆，夫人要生了。"有一名年长些的仆妇像是比较有经验，急急地这样喊道。

顿时，锡府里里外外的人都紧张地忙碌着，同时，也共同在期待一个新生命的降临。随着"哇！"的一声，锡珍府邸传出了嘹亮的婴孩啼哭声，这声音犹如凤凰腾空而起时的祥鸣，划破了京城隆冬的天际。府中也随即沉浸在一片喜气中。

"夫人顺产，老爷！"秦庄一路小跑到刚从外面急赶回来的端恭身前报喜道。

"好，合府上下今日都有赏！"端恭说着就进到蒋氏房中，看到新生的女儿便对蒋氏说道："夫人，今日早晨我似醒非醒之间，梦到前门影壁上方落了一只艳灿灿的小凤凰，这不，咱们的女儿就出生了。"

"别信这门子没边的事，好好将这孩子抚养长大，才是我们为人父母正经要做的。"蒋氏虽然刚生产完，身体还是虚弱得很，但那才被仆妇喂进她肚子里的那碗参汤，可是当年锡珍老爷子还活着时，就珍藏已久的佳品。虽说人参有回奶的功效，但一来，过去贵族夫人生产子女都会请专门的奶娘代劳，二来，虽说是大虚之补，那也要看个人身体的底子和进补频率，像蒋氏这样滋补后，颜面回春气息婉转间，更多添了几分贵妇的雅韵。

"夫人言之有礼，我这就去为孩子取个好名字。"相比而言，颇为瘦削的端恭，虽言词中也是欢喜雀跃的劲头，可面上身形却让人感觉像是精气不足的模样。他说着就起身往自己的书房走去。

秦庄领着一群家仆在府门前燃放起了报喜的炮仗。1909 年 12 月 20 日，端恭与续弦蒋氏的长女额尔德特·文绣来到了世间，这是自端恭发妻逝世以来，锡珍府上一件最让人喜悦振奋的事情。

再次说到这锡珍府，也就不得不将这位大清时期鼎鼎有名的锡珍大人介绍一番了。那时他早已经不在人世，但江湖还是有他的传说。而他也就是这个刚刚降临人间的小女孩的祖父，曾官至尚书，权倾朝野，而他们额尔德特氏原本属蒙古族，据说自从其祖上跟随大清国摄政王多尔衮入关后，就被封荫入了旗人镶黄旗的籍谱，后来其家门多代又有人在清廷为官。也就是说本书的主人公文绣，是出生在这样一个镶黄旗的贵族官僚世家。又因为文绣的父亲端恭是锡珍的长子，按照中国人的传统，身为长房长孙的文绣在这个大家庭中自然格外尊贵。而还有一点值得说明，因为端恭的发妻博尔济吉特氏与孝庄文皇后来自于同一个家族，所以，文绣自小时候起便也被人奉称为"小格格"。

这文绣小格格便在这样一个大家族中集万千宠爱于一身。在襁褓中日日吸吮着奶娘肥美的乳汁，日子一晃，一个月的光景就结束了。全聚德果然办事周到，文绣满月这天，杨老板大清早就和掌勺的师傅，带着准备好的一应物什来到了锡府后厨。傍晚时分，锡府门前车水马龙，府内喜气洋洋，宾客们推杯换盏，好不热闹。就在来客对府上精心料理的珍品佳肴交相称赞时，蒋氏也在家仆的簇拥下抱着女儿文绣，来到了前堂与众客人们相见。灯火灿烂，人头攒动的前堂一时间兴味更浓。但尤为可喜的是，小文绣却毫不为这样人多声杂的场面所惊动，只见幼小娇嫩的人儿任凭亲朋们怜爱欢喜地轮番围观，毫不在意。小小的她宽额凤眼，神情悠闲，时睡时醒，可爱的小模样，直逗得亲朋们笑声连连。然而我却在想，纵然是如此场景，人们也很难想象到这天生就机灵胆大的小女孩将来会有怎样的一段人生吧？

不过，她的五叔华湛为了给众人助兴，其实也许他只是为了借亲朋相聚一堂的大好时机，卖弄一下自己的才情，决定当众吟诗一首。华湛在他的众兄弟中虽是排行老五，但却也算是最有主意的一个人。那时论起仕途，在这府中与其他兄弟相比较而言，也算他是最为得意的了。此刻，又是他最先想起了一首过往的得意佳作，便意欲借中秋之美好来期许小侄女的未来前程。幸好他此番所展现的风雅当真是与此情此景相融。于是，在他浑厚的起声回落间，一首诗就出来了：

中 秋

嫦娥弄月，一派娇羞。

浮云挡扰，万民争睹。

待得清风吹过，

星辰前往催约。看！

华彩毕现，月满琼楼。

天上人间，品茗共守。

第四章 蛰居花市

"夫人，眼瞅着天就要热起来了，咱们府上有几处门帘子得换成新的才好。"

"说的倒是实话，你是咱们府上的老人，看看如今的光景，越来越不比从前了，能省就省点吧。"蒋氏还是倚靠在那张雕花的软榻上，轻柔地抚摸着再次隆起的小腹，对秦管家这样维护着府门的颜面，推脱着说道，"外面的天说变就变，咱们还是将就着过了今夏再说吧。"

"夫人说的是，我这就安排两个手艺好的下人，该串的串该补的补，不一定比那靠打帘子吃饭的手艺人差。"秦庄言出必行，没过多时，前院就传来"噼噼啪啪"的清脆响声，很是好玩。文绣自然也被这响声吸引住了。昂着小脸问一旁的秦庄说："这些竹条怎么了，为什么都散在地上。"

"这竹条本是屋子里用来挡蚊虫的帘子，因时间用长了，不是其中某根竹条断了，就是线绳也断了，还有那包边的碎布也飞了，这不正在修整呢！"秦庄哄着小主人边比画边解说道。

"前几天我听送煤的大爷说，摇煤球儿才有趣呢！"文绣想象着另一桩更有趣的事，可能是那事她从来没亲眼见过的缘故吧。一个深宅大院中娇生惯养的小孩子，哪懂得什么人世的繁重和艰辛呢。摇煤球儿的手艺人做的是走街串巷子的买卖。带着专用的盆子，别着一个竹筛子，还得扛上铁锹，整日黑头黑脸只露出两个眼珠为生计奔忙着，苦得很呢。

夏天如期而至，蒋氏与端恭的第二个孩子也瓜熟蒂落，平平安安地来到了世间。

"唉！"端恭听到接生婆的报喜后，实在没好心情。

"难道是我这种子没下好，肥不了他娘的三分地？"端恭冷着个脸进房见到了才出生的小女儿。这就是文绣的妹妹文姗。蒋氏连生两个女孩子，总有些让人感觉美中不足。于是端恭就像与自己立了规定似的，非要在有生之年为家门添个儿子。好在他不花心，对蒋氏专一得很，要不然在那个年代，大户人家的太太生不了儿子，男人是可以光明正大地纳妾娶小的。好汤好水的，即使是生产完了两个孩子，蒋氏不但没有显出元气虚耗的颓靡气，而且因了大补和调理促进了身体机能的二次完善，她端庄的神情里却也流露出娇贵的媚色。于是，端恭他不知道自己是真的想要儿子，还是因再次参加大考没能榜上有名，整日沉醉在夫人丰硕的双峰间，用一场场的汗水，一次次的发泄来洗涤怀才不遇的屈辱和对现实的不满。可惜温柔乡里的娱悦并没有消散一个男人失去人生抱负的挫败感。终于，郁闷成疾的端恭一病不起。

更要命的是他缠绵病榻了还总是自恃才情高尚，也不管旁人如何质疑他的真学问，偏偏是爱以一副老夫子般教化众生的语调示人，这样谁会服他呢？他老先生可不管那些个俗里俗气的闲杂说法，屡屡参加科考后屡屡折戟而归。如此就难免在京城中被一些世家子弟当成了暗自取笑的对象。君不见连着多年，每逢大考揭榜时的那几日，京城里的茶堂酒肆间总会有那么几个人窃窃私语着，用类似的语气调侃着："锡珍老爷子要是地下有知，还不气得从棺材里爬出来。"或者说："老爷子为官时多半是没做过什么好事，薄了儿孙的福，要不怎么几个儿子平日里都恨不得将书篓子抱在怀里面，却压根出不来一个有真本事的。"

当然也有些人干脆就学着端恭平时那副世家公子的装扮，一手提着个烟锅枪装成提笼架鸟的模样，一手轻捻着腰带上挎着的玉穗子，轻蔑地嘲笑道："腹中无华也敢在京城的爷们中充起老王八。"如此话语结束后，附和声总是一片。这也就可以想象端恭再怎么超然物外，也难免心中悲伤。他总是不禁哀叹着："唉！这辈子就别再指望着我端恭来光宗耀祖了。"如今病床上的他又想到连着前房妻子所生的大女儿黑丫，闺女倒是连着得了三个，传继家门的儿子却眼看再得无望，自然更是神思忧忧，而大有了无盼头之意。

这人呀要是没了一股子主心的精气神，即便是想好也好不到哪里去。端恭奄奄一息地躺在床上，微闭双目任思绪驰骋在金榜题名的白日梦中。若非他的二女儿甜甜的呼喊声让他回到了现实中的病床，谁知道他还会再痴想些什么。

"阿玛，您的病好些了吗？"梳着两个小麻花辫子的文绣和黑大姐手挽着手一摇一晃地来到端恭的床前，奶声奶气地问着。

"到阿玛跟前来，让阿玛抱抱我的绣儿。"形销骨立的父亲挣扎着伸出手慈爱地拉过文绣，仔细地端详着："又长高了！"他在女儿们的面前勉强地笑着，继而又招手问一旁的大女儿，同样爱怜地注视了一会儿，才温和地问问道："你母亲可还好？"

木讷的黑大姐便只随答了两个字："好嘞！"

文绣就紧跟其后，卖好似的抢着结结巴巴地向父亲炫耀着自己另一只手上的小糖人，又用了一把不小的气力拽了拽黑大姐说："大姐她前一时才带我去胡同口买的，说是阿玛跟绣儿一起吃了它，病很快就会好起来。"

"真是个好孩子，知道照顾妹妹了。不过这年月外面不太平，下次出门一定要跟你们母亲说一声，或者让秦管家陪着也好。"

"是，孩儿知道了。"黑大姐看着阿玛投来赞许的眼神，心中不禁高兴起来，便难得再多说了两个字了。但一想到阿玛的病情，颇为懂事的黑大姐便又闷闷地低头轻轻对二妹文绣说："绣，阿玛累了要多休息，姐姐带你看小妹妹文珊去吧。"说着黑大姐就领着文绣在端恭的目送下去了蒋氏那里。

蒋氏面对三个年幼的女儿，再想想病中的丈夫，只得将所有心事埋在心里，强颜欢笑地过日子。额尔德特氏一门在她的合理撑持下，仍可以依靠祖上几代留下的一些产业强撑门庭，但终究逃不脱坐吃山空的结局。

那时清朝廷也是积弊已久，曾经恢宏的帝国已不可逆转地即将走向衰亡。文绣的五叔叔华湛在这种政局的冲击下，一不留神就被朝廷罢了官。他归隐后，额尔德特氏家族便又失去了唯一的官俸，没到两年，这个贵族大家庭就也如同摇摇欲坠的清廷一样，即将衰败离散。连番打击让端恭也到了油尽灯枯的日子。端恭至死都不甘心自己没能为家族留下一个传继香火的男丁，他多么希望有一个儿子能完成他未竟的事。用一句话来说，就是他临死前昂着脖子高喊的那声："光宗耀祖。"这四个大字可谓余韵悠长，因为他的二女儿文绣在懵懂间已将这遗言永远刻在了心中。

然而铭刻在文绣心中的远不止如此，他们额尔德特氏在这安定门内，拥有500多间房产聚族而居。自从锡珍老爷子因不满日本人于1894年发动侵略中国的甲午战争，大清在一段时期内的回光返照，也被这场侵略所摧毁，尤其是北洋水师的全军覆没，让性情刚直、极富爱国情怀的老尚书悲伤至极。从此，他便与李鸿章势同水火，他认为这一切的失败正是因了李鸿章的"联日防俄"政策。自从帮助日本打败俄国后，日本人尝到了胜利的甜头又反过来打中国。再加上北洋水师长期的内部腐败，加之李鸿章的监察缺失，大清终于一败涂地。可是，他更恨日本人的侵略踩躏了他心中神圣的国之尊严。但这个时候，朝中局势已不被他所掌控，深受慈禧老佛爷倚重的李鸿章岂会再将一个失势尚书放在眼里？李鸿章后来又在全国一片辱骂声中签订了丧权辱国的《马关条约》。眼见国家命途多舛，前程昏暗，已无力回天的锡珍老爷子绝食而死。这个事件引发的悲痛从未在额尔德特氏家族中消散过，文绣时常也能从家人哀戚的言谈中，听到关于祖父痛恨日本人的点点滴滴。这样，国与家的意义似乎在她的思想中，形成了一个初步的形态，这些也造就了她以后人生中最重要的价值观。

文绣的母亲蒋氏是过惯了贵妇生活的。但丈夫死后，家道中落如一盘散沙，凭她这长房遗孀再怎样使力也聚不拢了。在无奈中她也只好辞退了服侍她们母女的婢女，黯然地领着女儿们一起搬离了方家胡同里的锡府大宅。因积蓄微薄，她也顾不得在街坊们眼前维持颜面了，脱去华服换上素装，仅仅雇了一辆平板车，含泪带着分家时得来的一点不值钱的财物，来到崇文门外的花市后面的一个小胡同里租了两间矮房，过起了平民的日子。说起这花市，在北京城里那也是家喻户晓的地方。这所谓的花市大街历史上真的曾是以花为特色的市场，从而得名。它原是一个定期的集市，北京民间有句俗话"逢三土地庙，逢四花市集"。传闻在明朝时期就多以出售各种制作精美，可达到以假乱真的纸花和绢花。当时的花行、花店、花作、花局更是遍布街巷，每逢集市，不仅京城就连外地的花客也纷纷赶来选购自己所需的花色品种。虽说大街小巷处处是花自然美丽热闹，但市井之中又怎比得了豪门贵府的清静和高雅。

刚开始过惯了贵族优渥生活的母女四人，与普通民众们居住在一起，确实有很多不适应的地方，即使是相依为命的浓烈亲情也掩盖不住现实中的凄凉。好在生活一些日子后，作为孩子的文绣三姐妹们也感受到了另一番新鲜。文绣更是倍加欢喜，因为她天性好奇，对一切陌生的和未知的事物总抱着探究的心理。从前在她祖父锡珍的府邸里人多眼杂，凡事都要遵从祖制依照先例，再加上身后时时都有家仆们跟随，顽皮的文绣先前受到如此之多的家教约束，虽然在深墙宅院里是锦衣玉食，但反倒没现在这样无拘无束。在这花市，梳着两个羊角小辫子的文绣很快便与街坊邻里间的几个年龄相仿的孩子玩成了一片。如外号"毛头"的田大海，喝水都能长上三两肉的胖丫头稀草，以及心灵手巧的凤华和调皮捣蛋的唐少宗等，他们都与文绣成了铁杆玩伴。在那段日子里，少不更事的文绣与这些天真的孩子们一样，将稚趣的童心挥洒得淋漓尽致。

蒋氏也在孩子们的相伴中渐渐开始坚强地面对现实。话说回来，她之所以搬到这花市，其实内心是早有一番主意的，日后便可得知。这个曾经养尊处优、见多识广的贵妇，心里清楚地意识到：文绣虽然从表面上比不了黑丫和文姗的乖乖女形象，但这个女儿的智慧却远在两个姐妹之上。所以，她眼见着爱女整日在外玩闹得灰头土脸，却十分开明地从不责怪。但眼瞅着文绣快到了入学的年龄，便再不能这么从容淡定下去了，便在心中盘算着怎样筹措一笔学费。她经过反复思量，心想，虽说如今手中倒是还有几样值钱的物件，但那是预留着在紧要关头用的，要不一旦几个孩子有个头痛脑热的事，孤儿寡母的怎么应对？如此想罢，她便拿定主意另寻活路。于是，她先找到赋闲在家的华湛。

蒋氏领着三个女儿搬家后，头一次回到锡府老宅，虽只有短短年把光景，但眼前所见早已物是人非，宅院里先前的体面也是荡然无存。那时将要分家的时候，各房便都眼巴巴地望着这仅剩的一点产业。为了公平，华湛一气之下就做主将原府邸的前院及主屋全割出来卖给了别人，收回的现钱当即均分了，只留下了这后院两间正房，和一处据说是锡珍老爷子当年最喜欢的小院落。然而，说这院子小也只是相对于之前的锡府而言，从前的锡府实质上可谓旧京风貌的一处缩影。而论起旧京风貌自然就离不了"古槐、紫藤、四合院"，锡府一样不少。

很久很久以前，在北京人的情感里，槐树就占有着重要的地位。若在适当的季节里浏览京城，定然不难见到那一排排浅白间带着微绿的槐花，其掩映在浓密的绿叶中间，微风吹过，小小的槐花便纷纷飘落如绵绵春雨，造就了京城街头巷尾一道最美的风景。端恭还在世时，曾经在冬日温暖的炉火边，与女儿们说起过国槐的寓意。据他对女儿们所说："国槐早先就与唐朝的人关系密切。"最让文绣姐妹记忆深刻的是听他说："唐代宫廷中曾经有用槐叶制作的糕饼、槐叶冷淘等。"（冷淘即今天的凉面，制面时加入槐叶汁，推为至味）原来槐叶味道苦，也具有毒性，但能去火，更有消炎作用，能将其改造成食品，可见人们早对国槐有了深入的了解。

但老北京的人虽然喜欢槐树，但他们植树的规矩也很多，所谓"前不栽桑，后不栽柳，中间不种鬼拍手（杨树）"，此外还有"桑枣杜梨槐，不进阴阳宅"之说，但这是指此五种树属于硬杂木，不延年，又容易变形，还不能用来盖房子。再说国槐多是七八月开花，像华湛这院落里的却是五月开花的刺槐，即洋槐，原产于美洲，清代时期才被移植到北京的。它不生虫，虽然有刺，但花香且灿烂。再说已故去的文绣祖父锡珍老爷子，虽然是个极重视传统的官老爷，但对于槐树却有着不一样的人文情结。也许在锡珍看来，他可能首先认为槐树有君子之风，正直、坚硬，荫盖广阔；其次，作为手握重权的官僚世家的大家长，他认为槐树也是美好政治的象征。比如，传说在周代宫廷外面就种有三棵槐树，三公朝觐天子和处理民间纠纷时，就均站在树下。所以，据此可以推断，锡府后院种槐是以表达身虽为官却夙夜在公的敬意。而这也应该是他们额尔德特氏家门的精神传承。正因此，华湛才尽力保留下了这处祖传的院落。

闲话少说，正所谓"院有古槐，必是老宅"。这时又正是五月初起，院中的槐花开得旺盛，往年文绣她们姐妹和府中其他孩子们就非常爱在槐树花雨中玩耍。端恭在世时，每当这个季节也总爱嘱咐蒋氏，让她带着家中的仆妇们做些槐花酒、槐花糕之类的吃食。当然，京城里有些人家还用槐米晒干后制作槐米茶，从药理上来说，这种槐米茶喝了确实可以清热去火，有益健康。所以，文绣她们自然对这处栽有古槐的院落印象深刻。

"哇，这院子里还是好好看啊！"文绣紧拉着黑大姐，眼瞅着后花园，向怀抱着小妹的母亲欢天喜地地说道。

"真是少年不识愁滋味。"蒋氏看着已迎出来了的华湛，酸涩地说。

"大嫂，这就是你的不对了，孩子本性就该是这样天真的才对。"

"唉！说得轻巧，想想咱们的府上，如今就只有这么一小处边角地了，我这心里难过呀。"蒋氏抱着小女儿，眼看着陈设简单的屋子。回想起先前意气风发的华湛与此时粗衣布裳的形象相比，不禁悲从中来。

华湛看出了蒋氏的心思，禁不住也跟着生出些许凄凉，并且还愤愤不平地回答道："这些日子过得那真是叫憋屈，从前只要我华湛在那四九城里一露面，嘿！就听那一路上远的近的招呼声不断……"

"这就叫世态炎凉。"蒋氏也颇有同感的总结着。

"那是，可咱们从前可不是那样刻薄待人的。"华湛还是愤愤不平。

"气也没有用，那就是这世上的道理，得看开些。"蒋氏开导着说："咱们这一代怕是没多大希望了，但再怎么的也不能荒废了孩子们。"

说着，就望着屋外院子里嬉闹着的女儿们。华湛"嗯"了一声表示认同，眼睛也随着一起看着假山顶上的文绣，担心地说："大嫂，您先喝口水歇着，我去把绣儿从那山石上抱下来。"随即又道："这小姑娘家家怎么这样淘？"

难怪李白说：紫藤挂云木，花蔓宜阳春。密叶隐歌鸟，香风留美人。蒋氏双目痴痴地流连在院中槐树下紫藤优美的姿态中，心里默默想到。虽说此季并非是紫藤吐艳之时，但那一串串还没来得及完全谢幕的巨大花穗仍然不屈地垂挂在枝头，仔细地看，那紫中带蓝的颜色，颇为动人，有着灿若云霞的风采。灰褐色的枝蔓如龙蛇般蜿蜒在假山和槐树枝干间。

"若是普通凡俗之品，怎入得了家父和兄长的慧眼。"华湛见蒋氏如

丁酉春朝珠

此迷蒙的神态，也随着她的眼神所到之处，心领神会地怀念起兄长端恭在世时的情景。

"也不是只有你大哥喜欢这景致，古往今来多少文人雅士都爱将这紫藤花作为好题材。"蒋氏仿佛还没回过神来，喃喃地说道。

"小心！"华湛突然对着假山上的文绣大声说道。

"没事，你这侄女儿摔不着，就是掉下来磕破了点皮流了点血，她也不一定会哭一声，不止淘还倔强着呢。"蒋氏这才回过神来，满脸慈爱地望着女儿。

"哦！那也不是坏事，只是这要是在先前，早该让孩子们识字念书了。"

"还是一家人好说话。"蒋氏顺势言明来意："我今天来找你正是为这件事，你家的文绮五岁就开始识字了。"

"没错，还是大哥亲自启蒙的。"

"你大哥不像你好福气，有那么个懂事的儿子，这事都怪我，只会生女儿。"蒋氏真的伤起心来，说道："还好绣儿总算机灵，要是好好上学，说不定将来也能给祖宗争点光。"

"额娘，你怎么啦，好好的哭什么。"话说间，文绣已经从山石上蹦跳了下来，闪着一双大眼睛问母亲。

"没事，想到你们几个孩子眼望着就长大了，到了上学的年龄高兴的。"

"额娘，您是说绣儿也可以像少宗哥哥那样，上学堂念书识字了吗？"

"是的，五叔正在跟你额娘商量这事呢。"华湛将满脸稚气的侄女儿拉近身旁，爱怜地用手轻轻拂去落在她头上的几瓣槐花。

"让绣儿去，我不去。"旁边默不作声的黑大姐一边将从院子里刚摘下来的一枝紫藤花塞到小文姗的手里，一边坚决肯定地表态说。

"你这孩子，多少总要识几个字，将来为人处世也圆融些。"蒋氏实实在在地跟大女儿黑丫讲。

"我笨，学不好，绣儿她机灵，又会画画。"黑大姐真心地赞扬着妹妹，"家里也没有那么些钱。"

"这孩子虽说不爱说话，但什么都知道。"蒋氏哽咽着。

"也罢，就先让绣儿去学堂吧！"华湛拿定了主意。又说："这头一年的学费，我来给。"

"五弟妹去世得早，文绮也正是花钱的年纪，学费的事我自己能应付。"接着，蒋氏又语气坚定地说道："在娘家闺阁中时，我曾学会过一门挑花的手艺，前些日子我也留心过几家同行，觉着他们并不比我的手艺好到哪里去。"

"大嫂，您这是要开门做买卖？"华湛有点不敢相信地问道。要知道，蒋氏可是出身大户人家的小姐，嫁到锡府后那也是十指不沾阳春水的主子。

"要是让绣儿能长久地把学上下去，那就不能只靠着那一点留下的物件维持了。"看着华湛一副不敢相信的神态，她索性加重了语气，果断地说："挑花怎么啦，靠手艺吃饭那是本事。"

"大嫂好魄力，您只管大着胆子去做，要是日后有哪个没长眼的坏了您的生意，那我这个当叔叔的自然不会饶他。"华湛接着又说："虽说眼前咱们这家门没落了些，各房也活得紧巴，但好歹还是有人的。"华湛说得没错，一般说家门的没落有两种，要不失了钱财散了家资，要不就是折了人丁凄凄惨惨的。额尔德特氏家门的没落幸好是属前一种，家族成员还是兴旺得很。只是家族中还没冒出特别出色的而已。

"绣儿一定光宗耀祖！"突然，文绣稚气地说道，鼓着腮帮子，语出惊人。

"好孩子，没想到她小小年纪还能记住你大哥临终前的愿望。"蒋氏一边紧搂着小女儿文姗，一边欣慰地抹着眼泪。

华湛也是百感交集。于是叔嫂二人便满怀希望地期待着未来。

第五章　替母分忧

　　说到这挑花,那可真是门精细活儿,这种源自于刺绣当中的一种针法,在汉族民众间传承已久,通常被俗称为"挑织"或"十字花绣",有着极强的装饰性。而这种装饰性对于衣物简单的平民百姓来讲,正是可以表达他们追求美的最经济、最合乎时情的途径。于是,蒋氏下定决心靠在娘家闺阁时学会的这门手艺,在高手云集的花市大街为孩子们谋个活路。

　　舍得花工夫,讲究花色的搭配,不同寻常的见识等等这些,都让蒋氏的工艺铺一亮相就让京城人眼前一亮。不多时就稳稳地做了几单像样的买卖。但挑花这种活除了讲究手上的功夫,也在于眼神的活络。再加上蒋氏又总想着多攒一些钱,将来能把大女儿和小女儿都送进学校上学,于是便夜以继日不停歇,在光线不足的平房里做着挑花的活儿,眼睛严重受损,但着实也比最初的预想多赚出了一些钱。可这下子,她娘家的兄弟,也就是文绣她们姐妹的亲舅舅——人称"蒋赖皮",闻讯登门来了。那一日,游手好闲的"蒋赖皮",意外地十分大方,带来了几颗用糖纸包着的麦芽糖,哄得外甥们里外追着喊舅舅,也哄得他的姐姐不好拉下脸面将他拒之门外。"蒋赖皮"见时机得当,便假装关怀地试探着说:"姐姐,您一个贵夫人,怎能住在这样的小矮房里呢。"

　　"世道变了,境况也变了,如今和孩子们能有口饭吃,有个地方容身就算不错了。你去胡同和街面上看看，有多少人在饥寒交迫中沿街讨食哩。"蒋氏一向与这个兄弟不对付，讨厌他不务正业，败光了父母留下的家当不说，还姨太太娶了一房又一房。

"别呀，我的亲姐姐，就靠您这一针一线能赚得了多少钱，不如让兄弟我帮你一把，到集市上寻个像样的门脸，做个大些的买卖，也好早日换个正经的房子让孩子们住上。"

"你姐姐我如今一贫如洗，靠点手工活命，没那个本钱。"蒋氏没好声气地回绝道。

"我再不好也是你亲兄弟，说什么瞎话来糊弄我，谁不知道瘦死的骆驼比马大？你随便拣件衣服首饰当了去，怎么着也能够让兄弟一家吃上好一阵。"文绣的舅舅觍着脸边说，边注意着蒋氏的神色。

"没有的事，前些年府里面看着尊贵，其实各房早就偷偷地当这当那来维持体面。再说那几年你姐夫生病，要时常请大夫买药，花出去的钱像流水一样。早就把老底子掏空了。"蒋氏不耐烦地数落着一堆实情。

"还在哭穷，兄弟我这不是想帮你一把才来的吗？只不过是也顺带着想让你也先借点应急，家里你侄儿们有好几天都没吃过一顿像样的饭了。"这个男人眼神黯淡地说。

蒋氏听到他这么讲，总归是一个娘胎里出来的骨肉之亲，又想着还有几个与文绣她们年龄相仿的侄儿都在家饿肚子，她再狠不下心来多说什么了。常言说，关心则乱，她在亲情的思绪中，一时忘记了设防，转身就向身后床铺上摸索一通，拿出了一支黄灿灿的头饰，递给了不安好心的兄弟。催促道："拿着赶紧回去吧，给孩子们买些吃的。"

蒋氏哪里知道，如此一来，等于是时刻被自己的亲兄弟给盯上了，没过多少天，她兄弟就让人传话说：自从上次得了姐姐给的物件后，拿着当生意本赚了一笔，为了庆贺，让她带孩子们回娘家吃饭。蒋氏听到这话当然也是高兴的，于是，便咬牙停了一天工，收拾光鲜，领着三个女儿欢欢喜喜地往兄弟家去了。饭倒还真是吃上了，只是兄弟本人却并不家。等蒋氏感觉不对劲，急着跑回自家时，家中已被翻找得凌乱一片，稍微值点钱的东西全都消失不见了。蒋氏一时又气又急，一想到估计是自家兄弟所为，既不能告官又不能追回半文，实在是欲哭无泪，投告无门。

经过这场打击，没过多久，蒋氏又患上了严重的眼疾，挑花的营生也暂停了。这样一来，不仅需要花钱找大夫看病，每天的花销也没了着落。母女四人眼看着就要断炊了，最麻烦的是，在此之前所接的一些活计，做了一半还剩一半未完成，其中通情理的主顾倒是可以商量延期，可那些急着要用又性子急躁的人，哪管蒋氏她们一家遇到了什么样的难处，一个劲的催促，扬言要不按期交活，要不退钱并连带着赔偿损失，外带着谩骂威胁，让这一家母女几人更是不得安生。

往日，大姐黑丫虽然也跟着蒋氏做了些事情，但只是帮忙打个下手，做些穿线、打边等的琐碎活儿。而如何在衣物上布局设想、挑色走花，她独自一人是万万完成不了的，现在懊恼也无济于事。值得欣慰的是，在家中最艰难的时刻，她作为长姐也尽己所能，想尽一切办法地照顾妹妹和继母蒋氏的生活。尽管如此，也改变不了家中三餐难继的窘况，面对上门来催要赔款的客主更是无计可施。

文绣几番目睹后，眼见涕泪交加的母亲和茫然无助的大姐、小妹，她在饥寒中也如黑大姐般沉默了。一连数日，小小的她不再到外面和伙伴们嬉闹了，而大多时候只坐在母亲的床前，一时帮大姐照顾小妹，一时又不言不语地看着那些未完工的半成品，如枕巾、帐帘以及鞋帽等衣物。偶尔还自言自语两句旁人根本听不懂的话。女儿的异常，急得蒋氏越发焦灼，病情也是愈来愈严重。连华湛来了见到一向聪明灵气的侄女也只是摇头叹息，伤心地对病重的蒋氏说："大嫂，五弟有愧于兄长生前的嘱托，现如今你们母女四人到了这般境地，我却无力相助。惭愧啊！"

蒋氏听到五叔子这么说话，更猜测文绣肯定是被家中这样极度的困境刺激了，得了什么疯痴病，好好的女儿真的成了傻子，这个刚强的母亲内心几近崩溃，实在撑不住了，当着华湛的面哭起来，心中的苦楚无法言说。就在华湛也跟着落泪时，文绣出声了，只见她兴奋地对啜泣着的黑丫嚷嚷道："大姐，大姐，快别哭了，你个子高，快去把柜子里咱们家最好的衣物都拿出来。"家中的几个人听到她这么一嚷嚷，刹那间哭声暂缓了些，有些发愣，稍后蒋氏重又缓过神来，双手摸索着抓住华湛凄怆地讲："五叔，我蒋氏对不起你大哥，对不起你们额尔德特家门。"蒋氏说完又是一阵痛哭，哪料到就在这个时候，小文绣却似乎明白了两个大人间为数不多的言语正指向自己，她便重现出了多日未见的顽皮性格，扑到母亲的怀里，娇憨地翻滚着。就在家人们都不知如何应对她这莫名的"病态"时，只听文绣既稚气又严肃地对着五叔说道："五叔，原来您和母亲都在担心绣儿。"她边说边离开了蒋氏的怀抱，起身走向那堆还没做完花活的衣物，挑捡比画着，像个小大人似的神气地讲："这些日子绣儿虽然没帮助过大姐和母亲做过这挑花的活儿，但是也看了不少哇！所以绣儿就在想这些事情，也许我现在也能做得了。"文绣说着，又推拉着黑丫去柜子里拿出自家的衣物。黑丫正不知怎样应对时，蒋氏又问华湛道："她五叔，你看这孩子是在想什么？"华湛便重新打量着小文绣，宽慰着蒋氏说："大嫂不要急，这孩子像是有什么想法，咱们不妨先依了她。"蒋氏听了这话也点了点头，顺着文绣的心思跟黑丫说："黑丫，你就依了你妹妹，把柜子里的东西都翻出来交给她吧。"

蒋氏交代完，就抱过小女儿文姗安抚着，再不多言。

很快，在华湛的帮助下，黑丫找出了家中各人最体面的衣物，这些让小文绣如获至宝，她反复仔细地查看着，末了，在家人静静的注视下，又把客主送来的衣物一件件进行比对。她终于发现了从前母亲手中那细细小小的绣花针的奥妙所在。文绣心里像个大人似的想着："这些客主送来的衣物品料实在都很一般，色彩也很单一，有些甚至被久经刷洗而早已失去了本色。"想完后，小文绣天真又惊喜地对蒋氏说："额娘，人们付钱给咱们，原来就是要寻找生活中流失的美丽时光啊！"她话音未落，这个前一秒还是阴云密布的小屋子，在后一秒似乎有些新的变化。蒋氏在错愕中还没想好怎么回答女儿，华湛已是迅速地抱起了侄女，一改先前的满脸阴郁，愉快地说道："怎么了，小鬼头，难道你能想出什么好的办法，让这一大家子渡过难关？"只听文绣稚气地回答道："是啊！五叔请想，我每天跟伙伴们玩耍时总是会少不了有地上的花儿、草儿，天上飞的鸟儿、水里游的鱼儿，还有街面上的好多小动物陪伴，这些不都是很美丽的吗？"这时候，一家子人都仿佛明白了什么。只听文绣仍然兴致高昂地说："可以先让额娘跟我说些要领，然后我自己再好好练习几天，不就也可以像额娘那样把没完成的活儿做出来了吗？"蒋氏听到这里，打断了女儿不切实际的想法，轻轻地说："孩子，别以为这门技艺是在城墙根捏泥巴团子那样随学随会的，要是那么简单，咱们还能在这花市靠这挑花的活儿吃上饭？"说着又是一连串地叹息。华湛却不以为然，想了一下，开导蒋氏道："大嫂，既然已经到了这个境地，孩子也有心，就不如随她试试，文绣这孩子聪慧得很，说不定还真能寻着一条活路。"蒋氏听了，想了想，无奈地点头道："五叔叔说得也在理，如今我恐怕已是时日不多，她姐妹三人总要有个谋生的活儿在手，将来也少给族里叔伯们增添负担。只要这三个孩子愿意学，我就逼着这最后一口气，把从小学来的一点心得都说给她们听。"华湛听到这里，便拉过文绣嘱咐道："你还是孩子，能有这样的心意实在难得，你母亲愿意教你，你可一定要好好学习。"说完就留下了点钱给蒋氏抓药，交代了黑丫几句话后，就暂且离开了花市。

接下来的几天里，文绣果真时刻都不离母亲蒋氏左右，她嘴中不是问这问那，就是模仿着蒋氏病前的样子，手中穿针引线地在一些烂布头上面反复练习着。即使是手指被磨破，或者不小心被扎出了血，也不见这个小女娃哼哼过。功夫不负有心人，小文绣进展神速，很快就掌握着母亲所说的一切。蒋氏之前万万想不到，自己会有被女儿问得词穷的时候，随心所说的一些关于过去光华岁月中的生活场景，和不自觉地缅怀往昔生活的酸楚，都能让年幼的女儿出其不意地用色彩与之匹配起来，小小年纪，就似乎洞悉了人世的深邃和苍凉。当这些来自于生活最本质的东西，居然被一个孩童窥探到了其中模糊的轮廓时，不能不让人感慨这个孩子是多么超于常人。而这种超于现实的早慧，将来又会发生什么奇妙转变，让人既期待又有些揪心。

不久，文绣就主动请缨了。一天，她拉上黑丫的手，自信满满地到蒋氏床前说："额娘，现在您不用焦心了，先前没做完的活儿，让我和大姐来完成。"此番文绣的童声童气让蒋氏很得宽慰，同时又有些心酸，她轻轻地对女儿讲："你一个小娃儿，这些天能耐住性子拿上绣花针已经难得了，但就这么几天要学好一门精细的手艺，还想上手做事，不是那么简单啊！"一旁的黑丫听了也很稀罕地加入了这场对话，帮着文绣说："额娘，您可别小看她，这些日子以来，绣儿在碎布上练习着挑的花样我看过，还真是有模有样。"但蒋氏眯着眼并不答话。黑丫想了想又接着说："额娘，您记得吗，绣儿的画可是画得很好的，从前她还很小的时候，只要心眼里看到或想到的，她都能在地上随便找个小树杈画出个七八分像。"蒋氏便不再多说什么，也不再像先前那样反对，便说道："黑丫你这样说倒是有几分道理，也许这就是绣儿的天分吧。"文绣看到母亲的话这样勉强，就很不高兴地噘起小嘴，嘟囔道："额娘不相信我，那不如先让我挑

个花样给您瞧瞧，看看行不行。"蒋氏便顺势答了句话："好吧。"

得到了母亲进一步的默许，文绣更加专注用心了，在寻到合适的一件麻质上衣后，她飞针走线，在这件灰白色女式上衣的袖口破损处嵌上了一只粉黄扑闪、栩栩如生的蝴蝶。黑丫看得惊奇，连忙拿来给蒋氏看，蒋氏虽然看不太真切，但仅凭手上长久以来的经验抚摸着，她就知道文绣这孩子是从血脉里继承了自己家门几代人传承下来的聪慧和灵巧。蒋氏心情大好，满怀激动地将文绣拥进怀中，欣喜地说："孩子，但凭你这份天生的本事，要是在从前宫中选绣娘，你只需稍经历练，必定能被选中。"黑丫也拉过小妹文姗跟着讲："额娘，看来咱们家要有好前程了。"只听蒋氏随后就答："对，大丫，快去再找几件旧衣物，让你二妹多练练手，你看着要是真差不多了，就把剩下的活儿交给她来做。"黑丫应了声，按照蒋氏的意思帮着文绣。面对爱女的如此慧质兰心，蒋氏心中不禁暗暗称许着。

随后的一些时日，蒋氏放下了心中的隐忧，大胆而自豪地向来看望她的亲友们分别诉说着文绣的奇巧。身心的愉快，帮助了她病情的好转，她的眼睛也慢慢恢复了。同时，文绣也将积压未完的活儿都做完了，家中不但从此再没有客主上门吵骂、催款，生意反而还比以前更多些了。

经文绣的手挑的花样别致新颖，多姿多彩。街坊们一传十，十传百，蒋氏和女儿们又忙碌充实了起来。尽管生意上的事越来越忙，但蒋氏并没有只顾眼前，她寻机典当了端恭留下来的唯一一家财——一只她从不离身的碧玉扳指。拿到现钱后，分别给三个女儿每人各做了一身新衣，剩下的就全部用作了文绣上学的费用。很多年后，文绣姐妹三人才知道那个玉扳指是父亲当年送给母亲的定情之物。

第六章　辫子军来了

　　文绣进入花市私立敦本小学的这一年正是 1917 年。

　　但是自从 1911 年辛亥革命成功后，清廷被推翻，紫禁城中的宣统皇帝溥仪被赶下了宝座，中华大地便进入了民国时期，同时也进了入另一个纷杂的政治乱局。先是晚清名臣袁世凯在第一次南北和谈后窃取了最高权力，并于 1915 年 12 月宣布自称皇帝，更改国号为中华帝国，建元洪宪，为此遭到了社会各方的反对，从而引发了护国运动。南方将领唐继尧、蔡锷、李烈钧等人在云南宣布独立，并且出兵讨伐袁世凯。随即，南方各省纷纷响应，相继宣布独立。袁世凯受到了重挫，只做了 83 天皇帝的他便一命呜呼，退出了历史的大舞台。接下来整个时局又陷入你方唱罢我登场的混乱状态。

　　同时期的英雄豪杰绝非一二。像副总统黎元洪，听上去头衔似乎很高，但袁世凯活着时，黎元洪的处境比一个囚犯好不到哪里去，袁世凯用他但并不信任他，总怕他投敌叛变，现在袁世凯死了，按照法律程序，他也理应继承总统大位。但黎元洪本身才能一般，又对效仿西方的政治制度一无所知，所以，他显然是胜任不了总统这个职位的。而孙中山先生此时也已经在广州成立了一个新的政府。黎元洪在为地位问题烦心的同时，还要考虑国际上遇到的一些问题，是否要参加协约国对德国宣战，这个问题本身也引起了各政治派系之间的争执。为了平衡各方势力，他把目光转向了徐州这个津浦铁路的战略要地。

除此之外，还有其他各界的呼声，也构成了一个特殊的时代背景。纵观中华民族的历史过往，无不预示着非常之时当有非常之人的出现。果然，历史的风轮转到了张勋的面前。张勋是徐州掌握着军政大权的实力人物，黎元洪想请他进京帮助自己，张勋便大摇大摆地去了。但结果出人意料，六月份，张勋强令黎元洪下达了解散国会的命令。随后又将一腔热情化为惊人之举——这便是发生于 1917 年 7 月份著名的"张勋复辟"事件。

张勋何许人也？他原名张和，江西奉新县人，北洋军阀之一，清末时期担任过云南、甘肃、江南提督。此人非常忠心于清廷，且性情直白，敢作敢当。在康有为等人的支持下，他主导复辟这场历史闹剧，他率领的"辫子军"把已经逊位的宣统皇帝溥仪再次推上了皇位，让溥仪重新做了 12 天皇帝。随后，"辫子军"又被皖系军阀段祺瑞的"讨逆军"击败。小皇帝溥仪再次被迫退位，自此，年幼的溥仪便自称逊帝过起了隐居生活。可张勋不免心生落寞，但他仍然保留了脑袋后面那根象征忠于清廷的长长的辫子。这场更像是笑话的复辟事件，流传于全国各地街头巷尾，成了世人们不同版本的谈资，北京城的大小胡同里更是人人以论之为快。

这些事情，已经上学的文绣岂能不关注？并且她的好奇心和孩子心理绝不满足于道听途说的模棱两可。终于在某一日放学后，她寻到了时机，跟母亲蒋氏说："额娘，绣儿好久没见着五叔及其他哥哥姐姐们了，今日正想去看看他们。"蒋氏听了并没有多想，便当场同意让文绣带上文姗一起去华湛家走一趟。文绣欣然而往。

她的五叔华湛为人谨慎，赋闲在家后，曾经也有军政两届的不同人物邀请他出山，都被他委婉拒绝了。如今的他显然是额尔德特氏家族顶梁柱般的人物。多年来对寡嫂蒋氏一家也格外照顾，深得文绣姐妹三人的信任和敬重。这天，华湛在自家院门前远远地看到小文绣领着妹妹文姗前来，便很热情的将两个侄女迎到了家中，关切地询问了一些生活琐事来。然而，他很快就疑惑地发现：自从文绣上了学后，每次见着自己都会根据课堂所学的内容问东问西，而这回她却只是低头沉思，连桌子上特意为她们姐妹俩拿出的糕点也没吃上一口。华湛不禁纳闷起来，以为她们的家中又出了什么难事。便关切地问道："绣儿，你在想什么呢？再不吃，这桌上的糕点就全跑进文姗的肚子里了。"文绣这才抬起头，看着因嘴巴塞得太满而腮帮鼓鼓的小妹文姗，由衷地说："叔叔真好！"说完还是一副欲言又止的样子。华湛便又疼爱地抚摸着文绣的发梢，慈爱地说："绣儿乖，是有什么心事吧？尽管跟你五叔说说。"文绣旋即面露喜悦，望着华湛脱口讲道："五叔，我想知道什么是'辫子军'，以前怎么从没听您讲起过？"

华湛没想到侄女会突然间问这个问题。他不得不思考着如何回答。文绣紧接着又连珠炮般的继续问道："绣儿在学校听老师讲，那紫禁城里还有个比我年纪大不了几岁的小皇帝，是真的吗？"她问完后，就直瞪双眼紧瞅着华湛。华湛有些被难住了，这个难用三言两语就可以解释清楚的话题，他一时还真不知该怎样说才好。更何况在他面前站着的还是一个女娃娃。但眼前侄女满眼的期待让他不得不作些回答。幸好华湛博学，他在灵机一动间，打了简单的比方说："绣儿，五叔待你可好？"文绣急忙点头："当然好。"华湛听了满意地点了点头，又问道："如果哪一天，五叔离开了你们，你和文姗可还会记得我的好，还有你们在我这里吃过的糕点呢。"

这时，文姗也懂事的和文绣一样点点头，姐妹俩异口同声地说："当然会！"华湛便又再次追问："那假如你们又认识一个待你们更好的人，你们会不会很快忘记五叔？"文绣连忙说："绣儿不会忘记。哪怕那人待绣儿再好，绣儿也只会记得五叔家的糕点最美味。"华湛听侄女这样回答，便开始说道："'辫子军'这一名号的由来，顾名思义是在于他们脑袋后面的长辫子，五叔和你叔伯们多年前也有，那是前清王朝的遗物。而'辫子军'的领袖是忠诚于前清和皇帝溥仪的人。"他说完面对着两个若有所悟的侄女，认为自己的解答很独到，便有些得意地又说："绣儿，明白了吧？想不到你这鬼灵精也有犯糊涂的时候。"哪想他这边话音未落，只见文绣就喃喃自语地讲道："前几日看到书中有言，讲'时人心不忘旧主'，真是果有其事。"接着小文绣又拉着妹妹文姗的手，天真地说："胡同里的街坊们不该取笑'辫子军'和那个领头的人，他们可是一片丹心照千古啊。"然后她又问华湛，认真地说："五叔，那'辫子军'总有一个领头人吧，那他是谁呢？"当华湛告诉她那人名叫"张勋"，并介绍了关于此人的一些生平后，只见文绣又像个大人那样郑重其事地回答道："谢谢五叔，今日绣儿和妹妹明白了一个道理，那就是何谓忠诚，何谓勇武。"说着又对华湛说道："五叔能否为绣儿写上几句话。"华湛听了，觉得十分惊奇，但一想起文绣挑花的事，便索性由着侄女，准备了纸笔。写完之后，华湛拿起来朗朗念道：

志 气

初居人群为下等，
宏图未展性难定。
即是平常所在处，
陋巷英雄世间兴。

华湛不曾料想到如此年幼的侄女竟这样明事理，通晓大义。他想：自己之前本是一番糊弄孩童的答词，居然被眼前的孩子当场论断出了忠义。想罢，华湛内心有一种说不出的情感，需要一吐为快，于是，他走到门外空场地上，长吁一口气，向苍天默默念道："额尔德特氏要再图兴旺，非此女娃娃莫属了。"

自此之后，华湛便更加关注文绣的生活和学习，并以他的所有能力来为这个侄女寻找机遇，他绝不能让这颗明珠埋没于世。

第七章 胭脂胡同

因为在蒋氏先前中规中矩的花样中，渗透了文绣这样一个孩子的灵气，从而她们一家在花市街坊邻里们间口碑更好，人缘更旺，挑花的生意那自然是红红火火。这样一来，生活上虽还是远不能与先前的豪门贵府相比，但在那个时局混乱的年代，母女四人也算是难得地凭着手艺谋了份衣食充足、钱粮无忧的生活。

但大多数日子好过了的人，就总会想着追求一些精神上的愉悦，蒋氏也不例外。然而，北京城的特色在于老，老而不朽，是沧桑所赋予的一种别样的美。这美便包罗万象。大到时局军政，小到吃喝拉撒。除了金碧辉煌的宫殿外，还有著名的天桥一带的艺人的天堂。有更引人向往的戏园子，但蒋氏却并未有心前往聆听名角的妙音。她只是在偶尔难得空闲的时候，带着女儿们到京城各处，有特色的胡同或集市去转转，以期能让女儿们就此了解下生活，增广些见闻。她的这种做法，真是乐坏了已渐渐长大而且学识越来越丰富的二女儿文绣。本来这个时期的文绣，对知识的渴望就十分强烈，而学校老师仅仅在课堂上讲解的那些，显然已经不能完全满足她活跃的思想了，所以，她对自己亲耳听到的、或亲眼看到的时世趣闻格外痴迷。不管那些事情的大小来由，她都要想尽办法尽可能了解到，然后再作一番分析，理清出是非曲直，就像关于"辩子军"的那个问题一样。不得不说，她的这种执拗有时是让人欢喜的，但偶尔也会让她的母亲蒋氏头痛不已。

颇为开明的蒋氏不止一次地带着文绣姐妹几人到各处走走，比如到护国寺寻找各色小吃，到琉璃厂大街品味京城文艺的儒雅，到北海荡舟让女儿们感受与斜阳共舞的意境，看拥有近1300多年历史的法源寺，还有孔庙前的那条成贤街，既短暂又漫长，就像是走一遍成为贤人圣德的过程。每每这时，文绣总是满心欢喜地跟着母亲走走看看。而蒋氏也每每一见到眼前那座"文官到此下轿，武将到此下马"的牌坊，就会下意识地要求女儿们将脚步放轻。以此让女儿们表达出对孔子这位文化之王的崇敬。蒋氏还在某一个晴朗的秋天与邻里结伴同行，带着文绣姐妹三人到了红叶似火的香山，看看漫山遍野的红色，感受秋天独有的意蕴。她希望女儿们能学会从自然的意境中领略到诗情画意。她还带领女儿们攀爬长城，希望她们在领略长城的雄伟壮美时，能对古老的过往发思古之幽情，以便沉淀一些不同于寻常孩子的庄重与静气。而每次出游的最大受益人，蒋氏内心很清楚，那就是自己的二女儿文绣。虽然家境没落，但作为名门之后，还是应让女儿们少些市井气息，多些大家闺秀的眼界和风度。后来的事实证明，蒋氏的良苦用心没有白费。自香山和长城一游之后，文绣回到家中不但安静了好些时日，还在她自己的一件素色衣裙上挑绣出了一幅情景交融的图画。然后又在学校写出了诗词。

长城赋

长城万里，雄踞险关，护江河日月不受贼人欺。辱胡马，惊罗刹折断恶人的羽翼。女子登峰闯天关，盘桓巨匠到秦山，纵是艰难戏连连。

诸侯闻风齐挥剑，褒姬玉面挡在前，谁叫美人无辜轻泪弹。

战时擂鼓三军发，争霸一方春秋宴，何苦热血男儿死相见。

秋日无霜叶似火，又听鸿雁满腔怨。

明史筑城墙固在，安得民心朝朝念。

一纸风筝随歌去，曙光最是繁华天。

　　文绣把这首自创的《长城赋》当成作业交给老师时，老师乍看之下戏谑地讲道："文绣，你平时功课很是用功，怎么今天拿篇抄袭来的文章来糊弄老师啊？"老师此话一出，教室里的其他同学都捂嘴取笑起来，这让文绣很难堪，幸好她灵机一动，大声说道："老师不信也正常，因为这是我母亲带我们姐妹去长城游玩时我的感想，但我头一回自己写诗词，也不知道好不好。不如这样，您现在就出个题目再考考我。"听到她这句话后，老师心想：这孩子聪慧是真的，但不管怎样毕竟只是个孩子，如何能写出这样气势磅礴的诗词呢。但眼前她既然要求，那就不妨出个题目试试她也好。老师便就地取材说道："文绣，今天天气晴朗，校园里秋菊又开得好看，你就作一首菊花颂吧，让同学们见识见识你的才学。"文绣见老师一脸严肃，同学们也在起哄，她便淡定地说道："那好吧，文绣愿意一试。"说完，她就在老师的带领下，和同学们来到了校园里的花圃边。大家见文绣不慌不忙地瞅着菊花出神，也就安静了下来。不一会儿，他们见文绣猛一拍手说道："有了！"

菊花颂

滟滟明裳，傲霜不低头。

冷清一秋，孤寒伴岁愁。

夏花是亲，惹遍蜂蝶葬春城。

冬梅藏雪，娇态半露情难留。

煮酒。一醉方休，菊为君子之首。

　　念完，文绣见老师和同学们怔怔地看着自己，她一时不知道怎么回事，哪知接下来，老师和在场的同学们一起为她拍出了响亮热烈的掌声。末了，老师还有意拿着以上两首诗，找到了她家，在蒋氏面前好好地夸赞了自己这个得意门生。蒋氏那个高兴就别提了！作为母亲，她把这份骄傲放进了心里。蒋氏清楚文绣的确是几个孩子中最优秀的，但这个女儿也无疑是最叛逆的。因为在文绣眼里还是那句话，未知的才是最好的。

　　随着出游次数和学识的增加，文绣在这个时期，已经知道京城是几个皇朝的古都，纵横时空千百年之久，其间巷子与胡同交错成局，各色人等经营着各种营生，也就意味着明修栈道的和暗度陈仓的，在这片肥沃而古老的土地上都有他们存在的理由，如此说来，一面是丰饶富足的文明，另一面也少不了那些轻贱浮尘。但文绣她可不管这种社会的等级和品类区分，在她这个未成年的孩子看来，一切新鲜的事物都有着无穷的趣味。文绣对自己去过的每条胡同，都能说出其中一二在她自己看来的亮点，这些包括那些胡同里的小买卖人，如在街面上追着人跑的卖花婆婆，提着竹篮钻胡同吆喝着卖熟肉的小阿哥，还有上门给人掏耳朵的，或者那些大清早就走街串巷子卖热粥的、卖烟卷的等等不同的人。文绣几乎都能说出他们的名姓，甚至还能讲出他们做买卖时最有趣的经历。有时，她还趁着母亲蒋氏和黑丫忙着挑花生意的空当，偷穿上父亲端恭遗存下的一套旧衣服，和几个小伙伴们去大栅栏附近观音寺西边的胭脂胡同玩耍。之所以去那里，仅仅只是因为好奇。

　　作为土生土长的京城人，文绣平时就知道在她脚下的这片土地上，曾经发生过很多不成文的俗规，比方说，很多大大小小胡同的取名多数都是从胡同里常见或具有很强代表性的事物而来。但让她奇怪的是，所谓胭脂不就是女孩子们日常用来装扮面容的吗？为什么有好几次都听到邻里大婶们只要一听有人讲到"胭脂胡同"这几个字，就露出一脸的鄙夷。为此她还问了母亲，而那时蒋氏也是脸现不快之色，并斥责了她。于是，小文绣便天真地遐想联翩：难道胭脂胡同里卖的不是胭脂水粉？自此后，她就拿定了主意，一定要到胭脂胡同的所在探个究竟。

于是，文绣便真的带着一群死党般的小伙伴们来到胭脂胡同，在这里溜达了一个来回。

"怎么这里都没见着什么实实在在卖胭脂的店家？"文绣的心里直犯嘀咕。

"要是稀草今儿个也能跟着一道来就好了。"凤华那丫头伸伸舌头顽皮地说道。

"那是，就她那胖妞妞的模样，要是见到这胭脂胡同里哪家细条轻飘的姐姐不羡慕死才怪！"九岁的唐少宗装着一副大人的模样，边吸着挂在嘴边上的鼻涕，边假装着贼溜溜地东张西望。

这时，走在前方的文绣回过头来，转动着一双大眼睛，很是一副好心肠的样子，跟伙伴们交代道："要不这样，咱们再用点心认真看看胡同里面到底有什么稀罕物，要是运气好真能碰到，那稀草肯定会让她妈妈给咱们做顿放肉末的大碗炸酱面的。"

"好嘞，还是文绣有主意！"凤华神气地附和道。

"那样倒是好，就是稀草小气得很。"小少宗不是很肯定真能得到什么好吃的，只是用衣袖擦了把嘴角，体现了他对鼻涕那淡淡的咸味颇为留恋。

凤华看着他那没出息的样子，威风凛凛地发声道："嗯，文绣都拐进前面的胡同口了，咱们还不快些追上去。"

于是，这几个孩子复又挨在一起，各怀心思地在这胡同里左顾右看。他们都不约而同地观察到此处有不少精巧别致、样子很是好看的洋楼，远远望去，这些楼里都是圆门圆窗洞，像是在寓意着什么。文绣心想：虽然自家老宅子里的花园有些破旧了，但因五叔仍住在里面，所以给人的印象比起这些像是新盖的小楼仍然要纯净雅气得多。这个胡同看起来也像是个富人住的区域，怎么就是没有那股子清静气呢，反而有种说不出的压抑和古怪？"

很快，这群孩子们就又发现了一种怪现象：从各个小楼里总会时不时传出一些男女混在一起的笑骂声和歌唱声。再加上文绣因为是女扮男妆，所以，当他们这几个孩子只要稍稍靠近某栋小楼时，就会有一些装扮华丽倚门而立的女子媚笑着上前来与他们搭讪。如此一来，可是吓坏了文绣和伙伴们，他们隐约明白了胭脂胡同为人们不齿的原因了。于是，孩子们一哄而散，但那弥漫在空气里的诡异的脂粉气追随着文绣和伙伴们，害得这几个孩子回去之后，整日慌张出神，最终没能逃脱了家中大人们明察秋毫的审视。唐少宗和能说会道的凤华少不了被自家父母训斥，而文绣最惨了，蒋氏整整一天没让她吃饭，并且将她禁足了好些日子。但那又怎样，文绣对于这次与伙伴们的经历是暗自窃喜的。她有她自己的看法，同时，这次小事件也加深了她对于人生更多的感受，她想：身为女子，将来长大后即使不能为国效力，或像男子般征战沙场死而后已，那也不能自轻自贱，将青春与才情拿来供与他人取乐。可惜她并不知道，那胭脂胡同原先还真是靠卖胭脂水粉而得名的，也并不知道，在这条为人所不齿的胡同子里，其实也曾发生过动人肺腑的爱情故事。假如成年后的她听说过玉堂春和王景隆的故事，不知又会作如何一番感想。

第八章 神秘的紫禁城

文绣在生活的历练与对时事的独到认识中成长着。

自从去胭脂胡同被罚后，顽皮好动的文绣在性情上突然之间沉稳了许多。为此，蒋氏还暗喜了一段时间，孩子大了，世间百态多见识了一些，对她总归还是有好处的。然而蒋氏哪里想到，这个让她欢喜让她愁的女儿，现在的脑袋瓜里又想上了别的事呢？恰好就在那段时间，黑丫已定好了时日将要出嫁，蒋氏一心忙着为这个虽不是亲生却多年来对自己孝顺有加的女儿准备婚礼嫁妆，没有时间去多管文绣他们几个了。

文绣趁机再次发动几个伙伴，让他们和自己一样都把眼睛盯上了护城河边城墙高垒、神秘庄严的紫禁城。还别说，她之所以把心思放在这，全是因为从她记事起，就不断地感受到身边的人们对这座从未踏足过的地方有种讳莫如深的敬畏。而这种与对胭脂胡同完全不同的态度最终激发了她潜藏已久的兴趣，她的脚步被无法抵挡的吸引力给拖住了。尤其是在这之前，她为了更多地了解帝王之家的一切人和事，不仅在学校经常以诗词或学业为由请教过老师，并且还在日常中免费为一些有学识的街坊做些挑花的绣活，换得她们高兴时讲一两个和紫禁城有关的故事。每当那时，文绣总能边听边发挥自己超凡的想象力。

千想万想，不如深入其内。文绣大胆而坚决地预谋着，真可谓是暗自盘算已久。

但紫禁城岂是想进就能进的？文绣通过与稀草等伙伴们多次的观察和商议，认为既然无法从正门及所有侧门进入，不如另寻他途。对于这几个孩子们来说，攀墙、爬树均都不是什么难事，于是，他们天真地盘算着准备翻墙而入。按照设想，他们瞒着大人们，相互掩藏着早早准备好了的钩绳。终于等到黑丫出嫁那天，街坊和亲戚们都来到文绣家中贺喜，蒋氏忙里忙外的，哪顾得上管文绣他们在做什么事。到了晚上，酒席正在热闹地进行时，文绣就已经想法子编了个鬼话，撇开缠人的小妹文姗，与几个伙伴们偷摸到了紫禁城的神武门边上。他们之所以把地点选择在这里，自然是文绣这个"罪魁祸首"出的好主意。

小家伙她淘气地想：要是一旦被人发现，就可以往景山公园周边跑，那里树高林密，我们这几个小孩是很好躲藏的。

就这样安排妥当后，少宗认为自己是个男孩子，不能在一帮女娃娃面前丢脸，应该像个大英雄，于是便很有胆气地甘愿首当其冲，打算徒手攀墙。正是无知者无畏，他们哪能料到此墙怎可与平时爬过的那些小廊沿相提并论？眼前又高又硬又滑溜的墙面，毫无疑问地难倒了这几个雄心勃勃的孩子。这时，文绣在大伙一筹莫展时又跳了出来，出了个好主意，只见她一双机灵的大眼睛在黑暗中闪动着，神气地指挥着伙伴们说："我们不是还带来了钩绳吗？"她此话一出，果然，几个有些垂头丧气的小人马上就神气活现地轮番上阵。他们声势浩大地甩开膀子，使出浑身的气力向高墙顶端扔钩绳。怎奈城墙太高，大家又太矮小，实在是扔不上去，还因其中一次铁钩碰撞墙壁反弹回落时，伤到了也在一旁凑热闹的"王子"。说起这"王子"，本来是文绣家的黑丫养的一条黄狗，也许是知道主人将要带着它离开到别处安家居住，所以最近几日里特别地跟小文绣亲近，文绣到哪儿它也就跟到哪儿，以此来表现依依不舍的情谊，这不，今儿个晚上也屁颠屁颠地跟着来了。事实上，幸亏"王子"相护，在紧要时刻纵身一跃替文绣挡开了那从墙面上急速反弹回落的铁钩，"王子"被铁钩重重地刺伤了脊背，痛得汪汪直叫。再加上他们几个在外面引起的一系列响动，早已经引起了紫禁城内护卫人员的警觉，当从高墙里面传出的震吼还未消散，文绣他们准备逃离时，才发现身边已神不知鬼不觉地围上来几个衣着相同、神情冷峻的陌生人。这几个突如从天而降的男子在黑夜的阴沉下，手握钢刀，仿若鬼神。凤华"哇"的一声最先哭出声来，稀草吓得贴在墙根双手捂脸直哆嗦，唐少宗倒还撑得住，伸着舌头对着那救命的鼻涕反复吸吮着，仿佛那样就有了依恃。只有文绣简单地环顾了一下周围，眼见陌生人虽然手上有刀，但并没有真要砍杀他们的意思，不仅如此，这些人仿佛也在思考着自己和伙伴们的用意，毕竟，这几位守卫皇宫的护卫现在面对的只是几个无知的孩童，正在他们不知该如何处置时，宫门"吱呀"一声被打开了。

"何人在此处扰乱啊？"随着一声威严的呼喝，几个提着灯笼的小太监簇拥着一位身着锦缎的大人过来了。

"属下该死，这晚上还惊动了张总管您。"先前提刀的几人当中，像是为首的一个惶恐地接迎着。

"这几个小孩子是怎么回事，刺客？"

"禀张总管，属下几人来时也就见到了这几个孩子，所以并没有惊动他们，准备伺机发现操控他们的同党，但直到现在——"为首的那个护卫欲言又止地禀奏着。

"把灯提过来。"被称为张总管的人吩咐着后面的小太监，然后自己拿过灯笼上前分别照了照几个孩子，最后在少宗面前停下来问道："小娃子，能不能告诉我，你们在这里做什么呢？"

"我不知道。"少宗此时倒也有几分胆色，并没有供出此行是文绣的主谋。

"跟他们无关，都是我的主意。"文绣见到这些来者不善的大人个个气势逼人，便心中一横，放开呜咽着的"王子"，勇敢地站出来大声说道："是我带大伙儿到这里来玩的。"

"哦，这晚上到宫城边上来玩？真稀罕啊！小娃娃，看你有几分胆气，你若说出同伙的大人来，本总管便饶了你们几个小娃娃。"

"没有就是没有，我犯不着为这事撒谎。"文绣肯定的神情让少宗也有些胆量，少宗于是帮着说："咱们几个伙伴都是一个胡同里的街坊，平时爱在一起玩耍，只因为文绣喜欢看书，又从大人们那里时常听到些关于紫禁城的好玩事情，所以我们就都忍不住想来看看。"

"是的，咱们就是想来看看。"这时稀草也不哭了。

"放了我们吧，再也不敢了。"凤华低低地回应着。

"既是来玩，为何不选在白天，而是趁这黑森森的夜里来，如若不从实向张总管言明，你等今日非受皮肉之苦不可。"护卫的首领狐假虎威地怒逼道。

"都是我的主意，因为我总爱捣乱，所以母亲管得很严，平时得不到空当，恰好今日是我家大姐出嫁的日子，晚上又正是大人们喝喜酒的热闹时辰，所以我便早早地与伙伴们商定，趁这会儿大人们没有防备的时候偷偷溜了出来。"此刻文绣还是毫不畏惧地承担着自己的罪行。

"果真如此？"张总管怀疑地问道。

"是的，大人若是不相信可以派人去家中查看一番，只是请不要惊动我母亲，扫了大姐新婚的喜头。"

看着这个小女孩终于显露出了一丝怯意，张总管的嘴角有了一丝让人不易察觉的笑意，只听他吩咐道："带上这几个孩子，去查查吧，如果真是那样，便放了他们。记住，不得扰民！"

丁酉春 朝珠

"是的，属下领命！"

于是这几个内宫的护卫就由几个孩子领着，前往花市查明了实情后，才放了文绣他们。

隔日，为了一场由自己女儿引起的虚惊，蒋氏免不了要到其他几个孩子家登门道歉。而文绣自然逃不掉母亲的重罚：一天不准吃饭，继续禁足。

尽管如此，后来，文绣的勇敢和担当通过伙伴们向大人们添油加醋地诉说，还是被街坊们所暗暗赞赏，而那神秘的紫禁城更像一道魔影，时常以各种形态出现在了文绣的脑海中。

第九章 玉质初成

"呦，这不是文绣吗？一些日子没见，怎么就长得这样水灵了。"稀草家的外婆看到来串门子的文绣，喜爱地说道。

"那可是没错，这孩子随她妈刚来咱们胡同里安家时，才那么一点高。"稀草妈一边用手比画着，一边用另一只手蘸着香油使着劲揉案板上的面团。

"我不好看吗？"稀草听到文绣被夸赞，假装不高兴地嘟囔。

"稀草个头比我还高呢！"文绣滑头地说，"不过我的眼睛比她的眼睛大。"

"看这俩孩子，多好的年华啊！"老外婆布满皱纹的脸颊上，蒙了一层稍纵即逝的光晕。也许是眼前孩子们旺盛的青春活力让她联想到了过去。

"所以说年轻真好，就算世道再怎么混乱，却也不能阻挡她们恣意地疯长。"

1921 年前后，军阀之间的争斗渐趋白热化，此时，北洋政府直系势力占据上风，曹锟和吴佩孚成了北京城的新主人。这也意味着北京这座古城又将经历一次时代风云的碾压，然而它仍以顽强和博大的胸怀，无声地容纳着滚滚时代浪潮裹挟而来的一切争执和喧嚣，在万难中滋养着这方土地上生长的所有人。无疑，我们的主人公文绣也是这其中的一员。她灵动玉立，又智慧超群，她的学校老师在征得其母蒋氏同意后，又结合文绣诗词中的气度，特意给她取了个学名叫"傅玉芳"，寄寓着老师对这个女学生的喜爱和厚望。（但在此书中为统一称呼，还是只称文绣）

文绣愈发地对经史类的科目感兴趣，她能触类旁通后为己所用。但蒋氏面对这个珍宝般可贵的女儿，仍然是欢喜中藏着很多的担忧。女儿长大了就要离巢另筑新家，文绣的将来该何去何从，身为母亲的她不得不仔细为之思量，蒋氏心想：若是文绣与黑丫一样心思单一，那日后就只需挑个靠得上的本分男子搭伴过日子就行，可文绣偏偏不是。她看着表面上大大咧咧、实质上内心极有主见而又心思通敏的这个女儿，心想：这要是世道太平的年月，家道又没有没落，只要日后把她嫁到哪家王府或侯门做个女主就可以了，也不枉自己苦心的一番教导，可如今时局动荡，这样的一个女儿怕是要遭受挫折的。

但不管蒋氏如何想，岁月还是像水一样不可知不可挡地尽情流淌着，我们的主人公文绣也将会迎来人生中新的篇章。

第十章 皇帝选妃

皇帝选妃是幸或是不幸，都是一件了不得的大事。

大清自开国之初起，满蒙两大强势家族爱新觉罗氏与博尔济吉特氏的政治联姻，就毫无疑问地捍卫着清王朝的统治根基。如孝庄太后和其亲姐姐宸妃，即那美艳无双的海兰珠，还有她们姐妹二人的亲姑姑哲哲皇后，就都嫁给了同一个爱新觉罗家族的强权男子——皇太极。而后来大清朝第一位君临天下的皇帝顺治，他的一生中共有 14 个具有名位的嫔妃，其中蒙古族后妃就占了 6 人。更重要的是，在这 6 人当中，在他母亲孝庄太后的安排下，其中就有两位博尔济吉特家族的格格先后成为顺治的皇后。她们分别是后来的静妃和孝惠章皇后。如此一来，也说明原本来自于蒙古族的镶黄旗额尔德特氏一门，在此次溥仪的选妃中也具有血统优势。

虽然 1911 年的那场举世瞩目的辛亥革命后，隆裕太后在无可奈何中宣布了清廷的落败，宣统皇帝溥仪也退位了，但当时的中华民国临时政府与之定下了宣统帝溥仪退位的优待条件。其中第一条就明确指出：大清皇帝退位后，尊号仍存不废，中华民国以待各国君主之礼相待。这一切都说明，居住在紫禁城中的溥仪仍然是中国人眼中的皇帝，几千年传承的帝制魂灵还未真正散去。所以，当年届 16 岁的溥仪公布选妃的意愿后，那消息立刻在满蒙王公及社会上层集团中引起了不小的轰动。对于清廷每次选出的皇后和妃子都是满蒙女子，很多汉人是十分不高兴的。其实，很多人都希望皇帝能娶一个汉族女子，然而满人的保守，宫廷律法的森严，让溥仪也不敢例外。虽然有传闻说他要娶徐世昌的女儿，事实上证明那基本上是不可能的。

依照传统，清朝皇帝选妃的制度是非常讲究的。虽然在清朝的初期，满族八旗人家的女儿都有机会被选入皇宫成为皇帝的嫔妃，但到了后来，满人因为传习了汉人的文化而安居生产，作物丰富，人们过上了更加稳定的生活，加大了八旗人口的快速增长，参加选妃的女子也跟着越来越多。这样一来，从乾隆皇帝以后，八旗的平民女子就从那时被排除在选妃资格之外。更何况如今到了溥仪这里，无论是考虑到当时动荡的时局，还是眼前紫禁城里的环境，大臣们和内务府都认为：再用过去那种旧制度选妃显然不太合适。所以，经过宫中太妃以及其他皇族重臣们的商议，决定将秀女入宫在殿前待选改成通过递交照片来逐一挑选。

额尔德特氏一门虽然没落，但毕竟是镶黄旗贵族，浸淫于官场多年的华湛得知这个消息后，似乎闻到了家族中兴的气息，他立即想到，能堪当如此大任的人，非长兄端恭的二女儿文绣莫属了。不过，为了公平和保险起见，华湛还是在短时间内不动声色地将族中各房适龄的侄女们又仔细地考察了一番。黑丫的生母虽然是蒙古豪门博尔济吉特氏家族的千金，但黑丫本人却憨厚粗糙，这样的女子在那个年月里能嫁到寻常人家也许还算得上是个能持家的好手，但在宫中的血色温柔堆里，想要生存和发展的可能性实在太小，选妃中姿色超群或才华横溢这两种公认的品质都与老实人黑丫无缘，更何况黑丫还早已嫁作人妇。华湛想过之后，便又将目光扫过文姗，虽然文姗天真烂漫，但年龄太小并不适合。其他房中的也并没有如人心愿的。所以，最终仍是没有超出华湛的料想，在家族和近亲女子中，够资格的只有文绣。

文绣的祖父锡珍曾官至吏部尚书，权倾朝野。家产留下的实在不少，但可惜儿子们当中，没有一人能在仕途上有出息的，幸好他这五儿子华湛还颇有些政治野心，但可惜上升无门。华湛心想：虽然放眼所及，紫禁城已是摇摇欲坠的没落状态，但若新主能励精图治，大清皇室仍有复得江山的可能。此刻的他，还心怀美梦地为家门及自身的前程详尽地规划了一番。不过，眼下皇权旁落，再加上皇帝年幼，虽然额尔德特家族效忠大清的心意一如先祖般坚定，但毕竟时不在我，为今之计，就是为皇帝献上一名智慧通达的伴侣。如此一来，很有可能家族中兴，恢复往昔的峥嵘和荣华。于是，华湛说服了蒋氏，他们共同为了文绣参与选妃的事准备着。

宫外的人们都如此梦想着通过选妃来达到己身所愿，那宫内的皇亲贵胄们又岂会闲置不理？哪怕当时的小朝廷早已是朝不保夕，然而小朝廷里，那后来被人们称之为三大太妃的皇室长辈们可并不是省油的灯。她们养尊处优，整日享受着人间极致的荣华，却既不劳作又没多少能力为国分忧，就只剩下整日的钩心斗角，各自为各自的利益打小算盘，这也成了她们打发时光的最佳消遣方式。当然，她们也还是有共同的美梦——比方说有朝一日能像慈禧老佛爷那样控制着皇帝，将如今的小皇帝溥仪操纵在自己手里，过上君临天下的日子。

在这三位太妃当中，比较而言，荣惠皇贵妃稍显憨厚些，不过多地钻牛角尖。而同治爷的遗孀敬懿原本就是先帝同治三个妃子当中最聪慧美丽的一位宠妃，她能作诗填词，工乐绘画样样精通，是一个极具头脑的女子，当然也就有了很大的野心。她以慈禧曾经的一句话"承继同治，兼祧光绪"为法宝，来证实自己在宫中的正统地位。但还有另一位实权人物，光绪的遗孀端康，这位女子也绝对是个难缠的厉害角色，她知道，比起已经作古的慈禧，现任民国总统袁世凯的旨意可能会更行之有效，端康的法宝便是袁世凯曾指定由她主持宫中事务的优势。

三人各显神通，都在想办法能将自己的人安排进入后宫。

出生于官僚世家的华湛怎能不洞察出宫中各股势力的政治风向呢？他首先就根据宫中颁发的选妃要求，悄悄地寻了个事由，在文绣不知情的情况下带她到照相馆拍了一张照片，递交到了皇宫中。紧接着，又马不停蹄地找醇王府六房贝勒载洵相助。事后文绣才得知此事，心中甚是复杂，虽然她好奇于紫禁城中的神秘，但尚且年幼的她却并不想与众多女孩子一样，为了一个皇妃的虚名争来夺去，但族叔显然是有着更高明的打算，她自己也无力阻止，一腔不满只好借着绣布上下翻飞，针线的空引让她的心是一阵阵地烦乱。她显得倔强又蛮横。

面对眼前女儿不时嘟起的小嘴和时而闹出的小别扭，性情温和的蒋氏也不挑明，毕竟自己的孩子，实实在在的锦绣前程远远的比耍小性子更重要。再者，她也明白华湛所想并不无道理，无论在什么样的处境，家门的容光总是要顾念的。何况蒋氏这个汉人女子自从嫁给文绣之父端恭后，尊敬丈夫爱护家人，日常习礼也是依照满人的传统，深得家门中人的敬重，她一生最大的遗憾就是没能给夫家添一个男丁。如今既是得遇皇恩，让她的女儿有机会入宫陪王伴驾，对于思想传统的蒋氏来说，那不仅是家门荣耀，也是自身精神上的弥补。虽然清朝已经没落，女儿入宫不见得就能集万千宠爱于一身，但皇帝不照样还是端坐在宝座上，以后的事情谁又能料想得到呢？于是，蒋氏和整个额尔德特氏家族在华湛的带领下，除了文绣本人之外，举门都在为这个女孩进宫选妃的事积极奔忙着。

第十一章 屈尊妃位

"选妃"这一重大皇室事件,孕育出的暗潮在一轮高过一轮地涌动着。各皇族、各大臣和权贵们都试图利用联姻达到各自所想要的目的。

再加上时局越来越动荡。"共和"思潮激起的短暂狂热之后,实际操控政局的北洋军阀显现出的种种卑劣行径,引起了很多普通民众对时局的不满,这一切似乎隐隐地将要达到保皇派藏在心底的希望。于是,特定的时代背景决定了溥仪这个有名无实的皇帝更是奇货可居,尊贵无极。

据说在此次公开选妃之前,北洋军阀的首脑人物袁世凯就曾想把女儿嫁进皇宫中,虽然最后作罢,但送进宫中的照片从此络绎不绝。其中自然少不了一些汉族人家的名门闺秀,如前面曾提到过的徐世昌的千金。但清廷的一些旧派势力却以满汉不通婚为由一概谢绝了,由此仍可见历史上皇家择亲的讲究,以及待选者欲入皇家的竞争难度有多大。要想在层层筛选中留到最后参与角逐,那必定是佼佼者中最出类拔萃的。总之,不管以后的命运究竟如何,在这次溥仪选妃中,本身并不情愿的额尔德特氏文绣最终不负族人众望,幸存于仅剩下的几张照片中。被大内总管张谦和恭敬地送到了皇帝溥仪的手中。由溥仪亲自定夺这几张照片中女子的去或者留,当然,去留之间所决定的也是这几个女子一生的未来。

说到这位大内总管张谦和,就不得不提一下在选妃的过程中出现的意外一幕，原来，张谦和在内务府中例行查问选妃进程时，无意间看到了文绣的照片，大有似曾相识的感觉，却一时总想不起来在哪里见过，就随口多问了两句。可是，宫中之人却不这么理解，他们时常喜欢对一些也许毫无缘由的只言片语反复揣摩。于是，在你传我说中，几位太妃在甄选照片时，对这位深受皇帝信任的大内总管若有似无表现出的关注，也特别加了几分小心，这便无意中为文绣的留选赢得了一念之机。

照片终于到了皇帝溥仪的手中。接到照片时，溥仪本无心当场验选，因为他知道，与其说是自己选妃，不如说是宫中别有用心的人在为利益作长远打算，而对他这个有名无权的皇帝而言，最大的好处就是对外可以大人自居，而不再是年少无知的孩子了。所以，在一开始的选妃事件中，溥仪并没表现出有多大的兴趣。再说，此时此刻他还约了外籍老师庄士敦在御花园中叙事，正准备离开前往，便将才接到手中的照片往眼前桌子上那么随手一扔，怎料溥仪刚一转身的时候，他的衣袖正巧拂起了桌子上的某一张照片，而这张照片还就稳稳地落在了皇帝的锦缎鞋面上。一旁年迈的张谦和还来不及弯身上前把那张照片拿掉，看似温文尔雅的溥仪却已不耐烦地皱起了眉头，打算将这张碍事的照片踢得远远的。同时，这位少年皇帝也可能是出于好奇，就在他欲抬腿的瞬间，情不自禁地对脚面上随便望了一眼，也就是这么惊鸿一瞥，却成就了后来一段爱恨纠葛的姻缘。

溥仪久居皇宫，平日所能见到的女子都是对他俯首帖耳、卑躬屈膝的，而眼前脚面上的女孩，却昂首张目，鼓着腮帮子，闪着一双黑白分明的大眼睛，泼辣地对他报以盈盈的微笑，少年皇帝的心弦被拨动了。溥仪稍稍迟疑了一下，就亲自把这张照片捡了起来，并且还放在手心里仔细端详了一会儿。他发现这个稚气未脱、满脸天真的女孩子，比起自己平日里所见到过的那些虽然绝色却故作姿态的女子，更显得生动活泼。她的大眼睛，再配上白皙的皮肤，适中的身形，看着就让自己有股子说不出的欢喜劲。溥仪的心中涌起了一种莫名的躁动，年少的皇帝此时还并不知道，这便就是让人既甜蜜又痛楚的爱情种子。

当时溥仪只是简单地心想：与宫中那些如木头般千篇一律的女子相比，眼前这双大眼睛，一看就知道那里面肯定藏着很多宫里不能见到的有趣的事情。

皇帝舒展愉悦的神情，一旁的张谦和自然全看在了眼里。就在溥仪继续莫名其妙喃喃自语时，张谦和试探着说道："皇上，现今能留下来待选的贵人，那可都是万里挑一的，如今只等皇上您圣意定夺，您只要喜欢这其中的任何一位，她就是我大清朝的国母了。"

溥仪这才从莫名其妙的喜劲中缓过神来，对这个自己从三岁进宫起就陪伴在身边的老太监，心情愉快地说："对，朕意已定，朕的皇后非此女子不选。"

张谦和听了皇上这样的言语，当即跪地恭贺道："老奴恭贺皇上喜得所爱。"说着又举起双手伸到溥仪面前讲："不知老奴可有福一睹皇后娘娘的风采。"

溥仪听了这番恰到好处的恭维，便很是高兴地将手中照片递到了张谦和面前。张谦和接到照片后，一看到照片上的女子便又立即对溥仪赞叹着说："皇帝好眼光，额尔德特氏是我大清朝数代的忠臣，如今又将如此端庄慧丽的女儿敬献给皇上，其忠心苍天可表。"

溥仪听了那心里更是美滋滋的，便正声威严地吩咐道："笔墨伺候！"

张谦和应声而动，上前铺陈纸张，研墨伺候，本以为皇帝兴起之时能写些溢美之词，谁料却亲眼见证了皇帝溥仪的御笔一挥，在照片上豪气地随手一圈，就定了额尔德特氏端恭之女文绣为皇后。这一激动人心的时刻也就定格在了历史的画册当中。不知那时的大总管见到这看似颇

丁酉春月 朝绪

为简便的一幕，有没有觉得溥仪除了画一个圆圈外，再没留下其他白纸黑字来定格会是一种遗憾，这也是直接导致后来妃后颠倒的一大前因。试想，要是溥仪当时就将圣旨拟定并昭告天下，将生米煮成熟饭，那些反对的人又能如何呢？这样一想，也许溥仪本人在以后的婚姻困境和情感纠结中，也曾有过类似的后悔，但那又有什么意义呢？毕竟那个时候他还很年轻，既缺乏阅历来参透时事动态，又因为长期在宫廷中受诸多牵制，性格上不够果断。其实用今天的观点来看，那时的溥仪，只不过是个被过度保护又缺乏真正关爱，还被寄予太多与其能力不相符的希望和未来的大孩子。说白了，有些类似于懵懂的豪门二代，甚至有可能还不如。因为后来导致他婚姻的悲剧的成因之一，据说就是他年幼时，被宫中那些如饥似渴、身心扭曲的太监或宫女摧残所致。这么说来，溥仪在文绣照片上所画的就不仅仅是一个圆圈，还应该是他人生之中最纯洁的爱情见证（尽管后来他的人生中，曾先后又有了数位女子的身影）。

遗憾的是，这桩良缘果然受到了阻碍。在那华丽的间隙，旁人所见的忧伤都太过轻浅，还来不及深深思量，就已经被历史的过往给冲散了。

虽然溥仪用一个圆圈确定了自己的选择。但那些王公和太妃们没有人会愿意轻易放弃借选妃来争权夺利的大好时机，即使是皇帝选定好了爱慕之人也难如其所愿。逊位的宣统帝又怎能跟他的先祖顺治爷相比呢？虽然顺治爷为了跟心爱的董鄂妃在一起，不惜冷落已经迎娶了的皇后，不惜跟掌权的太后僵持多年。但大家不要忘了，那位鼎鼎大名的孝庄太后是他的生母，也就是说顺治拥有傲娇和任性而为的资本。

而末代皇帝溥仪，只是慈禧老佛爷从爱新觉罗宗族中随便选择的一个继承人而已。他这个皇帝虽也是一代正统，但三岁就离开亲生父母的怀抱，在皇宫内院之中独自长大，身边围着的大都是利益之徒，岂能随他溥仪事事随心所欲？关于选定文绣为皇后一事，光绪帝的遗孀端康太妃获悉后，就在第一时间公然闯进养心殿劝教皇帝，以家长的口吻不容置疑地对溥仪说："我大清国如今只留下个空名，江山大权已尽数被外人所夺。现今幸好皇帝安在，复国图谋可望。皇帝若能将已圈定的皇后文绣抹去，改选成财与力皆丰厚人家的女子，那日后必定更能加强复国的外力和助势。"然后，不容溥仪答话，又不无嫌弃地说："再者论起那额尔德特氏文绣，相貌也并非绝色，家世就更别提了，不但不能跟达官显贵相比，就连一般的没落世家也比不上。挤破头往宫里来，也就是一心想攀龙附凤，沾咱们皇家的尊荣而已。"

溥仪听了端康的这番长满了刺的话串子，心中虽不愉快，但慑于长者的威严，一时也找不到合适的话可说。要知道端康在宫中经营多年，树大根深不说，其人又性格刚毅强硬，溥仪要想在宫中生活得更自在些，有时也不得不让她一让。此番端康话意尖酸，但自己无以回答，在这难堪之际，只好暗示大总管张谦和。为了溥仪，张谦和只好硬着头皮小心地和端康辩驳道："太妃，老奴认为您的话虽然所言有理，但皇上是金口玉言，已经选定了的事，怕是不大好更改啊。"

这番貌似很是有皇权威严的辩词，似乎很能堵住他人的嘴，但狡猾的端康揣着明白当糊涂，压根儿就没当回事，当场就很不高兴地回答道："本宫与皇上谈家常，没你这个奴才说话的份，什么选定了，不就是随手画了一个圆圈吗？"紧接着，又毫不犹豫地对殿外喊道："来人，把这个不知进退的老奴才拉出去重打二十大板，看他以后还敢不敢自作主张，多嘴多舌教坏皇帝。"

溥仪眼见殿外侍卫听令已进来了，不忍心张谦和受罚，便没奈何地将声调放缓，走近端康身边轻轻地说："太妃您何必动怒呢，暂且容朕再想想。"

只见端康听后轻哼一声，又指桑骂槐地讲："一个老奴才也胆敢顶撞本宫，看来在这皇宫里是没我说话的份了。"

于是，张谦和连连声称："老奴该死，请太妃娘娘息怒。"

溥仪也跟着说："太妃且请息怒，就看在张总管悉心照顾朕多年的份上，饶他这回吧。"

端康太妃这才觉得解了气，要回了颜面，更重要的是她看到皇帝的态度似乎有所转机，于是，便收敛了故作的怒气，一边往养心殿外面走，一边像是目的已达到似的对张谦和撂下一句话："这回看在皇帝的面上权且饶了你，下次若再有冒犯，本宫定将赐你一死。"

端康走后，溥仪气得一把抓起书案上的紫毫御笔，"咔嚓"一声就折断成了两截，瞧着手上沾着的墨迹，心情越发烦躁，也不管端康有没有走远，他也有意大声吼道："这一宫的上上下下，谁把朕当成个堂堂正正的主子了，平日里一口一声地叫着皇帝，那还不都是为了拿着朕的名号来过富贵日子。"且不提还未走远的端康听到这番话作何感想，但只听养心殿内溥仪还在连声怒吼着："摆威风，使手段，一个比一个有本事，为何就只留下这样一个国不像国家不像家的烂摊子让朕一个担着？"说着，就又传出了一声清脆的炸响。不用说，那肯定是一件稀世的珍品顷刻间灰飞烟灭了。

"都是老奴连累了皇上，老奴该死。"张谦和自责道。

溥仪又吼着说："你何罪之有，她们不过是借拿捏你来指责朕。"

溥仪说着又随手摔落了御案上的一方端砚，看着华丽精美的绒毯上浓墨荡开，仿佛正如此刻皇帝那凌乱的心情般渲染着。一群内侍在殿门边上噤若寒蝉，溥仪的心软了下来，方才感觉有些解气。

张谦和又寻机试探着开导道："容老奴多嘴，端康太妃的话说出来虽是刺耳，但细想也是有几分道理，皇上既不能全听更不能断然拒绝，那就不如想个折中的办法。"

"现如今朕意已决，难不成朕身为一国之君，选自己的皇后也要听他人指手画脚吗？"溥仪不耐烦地说道。

张谦和又结合实际，跟着回答道："老奴明白皇上心烦，但老奴冒死也要再说上两句，正是因为皇上不是普通的王公，而是一国之君，皇上的家事就是国事，现今我大清国情势已大不如从前，皇上切不可在这个时候与皇族长辈们离心离德，小心误了重整朝纲的大好机会啊！"张谦和说完就自觉地退出了养心殿，只留溥仪独自在寂静中沉思。

后宫之中，敬懿太妃正与载洵品着香茗，为能在头一局上胜端康一筹而相互暗暗自得。前面说到，为了文绣参与选妃的事情，华湛可是提前就与载洵通了气。一来这醇王府的六贝勒与额尔德特家族早年便多有来往，关系可靠；二来载洵又正好与敬懿太妃关系交好，于是，敬懿也就已将文绣视作自己人。

另一边，连日来，端康太妃与其心腹们正如热锅上的蚂蚁一样，等待着溥仪更改后的新旨意。要知道端康是怎么也不肯认输的人。她的嗅觉何其灵敏？文绣被选中为后，实在大出她所料，在她看来，那个有些胖乎乎的小女娃子，在剩下的几张相片中根本没什么特别起眼的地方。当时她还在心里耻笑敬懿，想必其是黔驴技穷了，才硬是找来这么一个入不得眼的人，要不当初又怎会轻易让文绣的照片到了皇帝的眼前。于是，端康不止一次恨恨地心想：肯定是张谦和那老奴才坏了大事，否则皇帝怎会弃自己用心推选的婉容于不顾呢？

这下倒好了，往后这宫中上下再无我端康说话的份了。端康心乱如麻地前思后想。俗话说急中生智，端康把心思暂时转到了另一个不容忽视的人物身上来了，此人就是溥仪的生母瓜尔加氏，说其身份特殊，一般而言，在婚姻大事上，母亲的观点和言论往往是能起到决定作用的。很快，在端康的请求之下，瓜尔加氏便进宫向溥仪说："文绣虽然也有端庄之姿，但可惜家境贫寒，恐怕日后进宫不能受到宫廷贵妇们的尊敬，那小户人家的习气也难一时更改，有损皇家体面，此桩婚事可缓议后另作安排。"

这样一来，倒真让溥仪有些为难了起来。为了验证自己决定的公平，他让张谦和又将剩下的照片拿到跟前看了一遍。虽然那名叫郭布罗·婉容的女子样貌实在艳丽些，但溥仪就是怎么也生不出喜爱之情。再加上端康还在与敬懿像是针尖对上麦芒一样各不相让，轮流着派说客前往养心殿。搅扰得这位少年皇帝烦不胜烦。可溥仪实在是不愿违背本心，便期望以拖延的方式将这件事以假意的淡忘来蒙混过去。可端康和她的心腹们怎能甘心失去自身的利益，而让这个在世间上最华贵的牢笼中挣扎的小皇帝得其所愿呢？仗着在宫中的地位，她又亲自找上了溥仪，这次，她目的更加明确，见面就将随身另外带着的一张婉容的照片，递到了皇帝面前，介绍着说："这是世袭一等轻车都尉郭布罗·荣源的长女婉容，郭布罗氏祖上曾为我大清屡立战功，现荣源虽也隐居在家，但其家资丰厚，现在在京城可谓富甲一方。"

端康说完，看到溥仪根本不为所动，于是又接着讲："皇帝不能因个人所好，而不顾全大局，不为我大清朝往后的前程着想。"

溥仪听了虽嘴上无言，心里却嘀咕道："这老婆子不知又收了人家多少好处，看样子是吃进去的吐不出来，只好拿定了主意来摆布我了。既是如此，那又何必安排这么个选妃的戏码呢，难道是想白白让世人看我溥仪的笑话？"

端康见溥仪还是没个准话，便恨恨地想：别看你是皇帝，是这宫里的正主，现如今你手上无兵无权如何敢妄言做天下的主，就是在这宫里，没有本宫的撑持你这个皇帝也不一定能过得舒坦。"

端康想着，又有了一计，只见她此时满脸愁苦，着实一副伤心欲绝的样子，悲情地靠近溥仪哀伤地说："皇上大了有自己的主见，选择自己喜欢的人儿并没有错，错就错在您是皇帝，听说那位被皇上看中的女孩文绣和寡母蒋氏如今住在花市后街的一个小胡同里，租了两间矮房子，以给人家做些挑花和缝补的活儿度日。"

"她每日混迹于市井小民当中，怎么适合入我皇家，更别说配与皇上您当一国之母。"端康不厌其烦地游说着。

这时，溥仪不打算继续沉默了，他连声对端康说道："太妃此言差矣，自古平民皇后比比皆是，并且还多为贤后被世人传扬，朕选文绣绝非年幼盲目，一是此女子最合朕的眼缘，二来朕也派人暗中了解了她的生活和品性，据悉文绣也是名门之后，现虽落于凡尘之中，却仍不失大家闺秀的风范，更重要的是她不但品性优良，而且才情也是相当了得的。"

溥仪如此为心爱之人辩解，令端康听了实在是气恼，她在心里想：看来这小孩子是真不好糊弄了。但她嘴上并没有说什么。而溥仪却讲得起兴，仍然继续着前话："太妃请想，依如今的世态，大清不正是需要像文绣那样熟知民众心意的聪慧女子为后吗？"端康见溥仪一脸坚定，知道仅凭自己一个人的力量已无法让他改变心意，她只好暗揣心思再做打算，怏怏不乐地先行离去。

端康走后，溥仪可高兴坏了，这是他自三岁进宫称帝后，头一回当面顶撞宫中太妃之首的端康，并且还是为了自己所爱的女子。少年皇帝得意忘形，便想着偷偷出宫去看看那个让自己心心念念的女孩子，他知道这事不能让一向小心谨慎的张谦和知道，不然自己别说是出紫禁城就想出养心殿也难了，溥仪在心中一面悄悄地打着小算盘，一面不厌其烦地设想：要是张谦和知道了，最好的结果也是安排御林军开道，大内高手随驾护卫，再加上一大群寸步不离的太监、宫女，甚至还有那些想借机摆个威风的官员们，到时浩浩荡荡扰民不说，自己又怎好和人家女孩子说上贴心话呢。溥仪最终给自己出了个主意，身边只带一个小太监，溜出宫去。

所以这样一看，溥仪和文绣在有心眼这方面还真算得上是一对良配。

出发那天清晨，溥仪借故让人给自己找了身不起眼的便装，打算早膳过后就按计划行事。但他不曾想到，自从上次端康太妃二次劝谏不成后，不但仍然没有放弃念头，而且还在设法寻找机会。在端康看来，如果皇帝不改选婉容为皇后，那自己在这宫中便将要失去靠山和威仪，成为世人的一个笑柄，所以，她不达目的是不会罢休的。于是，这个在深宫中久经权局的老太妃展示了她的手腕，只要关于溥仪的任何风吹草动她都清楚地掌握着。溥仪这边才兴致高昂地换上衣服，那边端康已然是伺机而动了。情窦初开的皇帝并没有意识到这些，当他一行刚踏出宫门，端康太妃已经和几位重臣在宫门外等着他了。可怜那个与溥仪随行的小太监当场就被赐下清宫中极残酷的刑法"一杖红"，被活活打死了。这还没完，待回到宫中，溥仪又发现张谦和也已经被内务府索拿，端康又借题发挥，召集群臣要依律严惩养心殿所有当值宫女和太监，并以照看皇帝不周、纵容皇帝私自冒险出行为名要斩首总管张谦和。

对于溥仪来讲，面对端康太妃这突如其来又理直气壮的攻势，目的他心里虽然清楚，但无力回旋眼前的局面。他不想让从进宫时就陪在身边、一如亲人的张谦和因此无辜受死。他想起小时候张谦和常常把自己扛在肩上在宫中各处游玩，皇宫中，大到各宫室的物品摆件小到花草树木，在张谦和嘴里都能说出一个个动听好玩的故事，因此自己才慢慢地忘记了离开父母的恐惧。童年时，每当夜幕降临时，只有张谦和陪伴在身旁他才能安然入睡。对于溥仪而言，宫内若真有亲人，那在自己内心里，年迈的张谦和肯定算一个。

事发后从早到晚，溥仪的心都被里外煎熬着。

那精工雕刻的花窗外，一阵惊雷从天际传来，在紫禁城的中轴线上留下了一道转瞬即逝的闪电，那是天与地的碰撞。人间的忠与孝双面夹击，撕扯着少年皇帝的心。溥仪反复地回想过往岁月，在很长的时间当中，张谦和都以卑微的身份尽力地陪伴和保护着幼小的自己，才让自己在这从不缺争斗的深宫中完好无损地成长，今日今时，自己已然成年，却要害得他无辜送死，溥仪心如刀绞，他的内心也开始疑惧起来。就在这个艰难的时刻，幸好他还有另外一位亲人，他的父亲爱新觉罗·载沣适时地站了出来，为年轻的儿子排忧解难。

载沣也是经过仔细思考左右权衡，想出了一个自认妥当的方略后才进宫的。进宫见到溥仪后，看着儿子一身疲惫，但只能强忍心酸和关切，装作漠然地从表面安慰着说道："事已至此，皇帝也不必焦虑，幸好大总管目前仍是好好活着在，端康老太妃可能也不想把事情做绝。"

溥仪连忙问父亲说："依阿玛的意思，朕眼前该怎样才能两全其美地了结这桩事情呢？"

载沣便将自己的想法说了出来，只见他对面前的皇帝儿子恭敬地讲："端康老太妃先前劝导皇上您选荣源的长女婉容为后，皇上不如就给她个情面答应了，容臣再找宫中其他皇族长辈和敬懿太妃出面，此事方可能了结。"

溥仪听了也只得默认，但他还是不甘心，想极力维护自己的本心，诚恳地说："阿玛好计谋，只是那文绣确实为朕所爱，本来已定为皇后，而今又无故被替换，传出去了，先不说文绣本人和其家族日后不好面对世人的冷眼和评议，恐怕也有损我大清国在民众心目中的国体和形象。"

载沣这时便也很慎重地回答道："皇上能有此念，实为情义并重，臣定将竭尽所能让各方都满意。"

溥仪听了父亲的这番言词后，才有了些许的心安。载沣也马不停蹄地在宫中各处游说周旋。结果溥仪为了不忍看着张谦和屈死，只能妥协，接受了端康的坚持，婉容被册封为皇后，赐号"秋鸿"，而另一位同治的遗孀太妃荣惠则在溥仪的授意下，也亲自出面力保被褫夺了皇后位份的文绣，改封文绣为"淑妃"。

然而，这次颠倒妃、后之位，也成了日后三人婚姻的不幸起点。

第十二章 初见溥仪

虽然从皇帝亲选，可谓名言正顺的皇后一朝屈尊为妃，但在传统封建思想的精神体系里，位列凤露台的淑妃地位已经是尊贵非常了。暂不提文绣个人所想，既然大局已定，对于额尔德特氏家族而言，文绣当选为皇妃还是成了荣耀家门的大事情。

实际上，喜讯传来时，文绣本人还真不以为然，她本就无心攀龙附凤，若说她有一点点窃喜，那也只是对有机会进入梦想中的紫禁城而言。但是在后来的一些日子里，从母亲蒋氏与上门来道喜的街坊邻里间的谈话中，她才隐约地知道自己被选上皇妃的过程是有多么的惊心。至于自己到底是为什么从皇后被改封为淑妃，母亲也没能说得明白。针对这一点，文绣起先还认为是母亲的虚荣心在作祟，有意向别人吹嘘的。后来宫里传来旨意说，让文绣在未进宫前，让五叔华湛教授她一些基本的宫规和礼仪，文绣才从五叔的嘴里证实了母亲的说辞。因此，她心中对未曾见过的皇帝溥仪，多少也有了几分怀春少女对未来夫君的期许，同时，对紫禁城的神秘也有了更多的向往。在这座宫城建成的五个多世纪里，对于天下百姓来说，都是一个巨大的隐秘所在，蕴藏着满满的不为人知的神秘。所以，我们的主人公文绣的向往有多深，就可想而知了。

然而，让原定的皇后屈尊降为淑妃，不仅暴露了大清皇帝溥仪受制于人、无力执政的痛楚，也意味着对文绣的愧疚，于是，后来他对文绣的宠爱也就格外深重。溥仪降旨大总管张谦和，让其出宫亲自为文绣一家购置新宅及一应日常所需物品，并且，额尔德特氏族人均获重赏。皇帝这种恩外加恩的关怀，再一次拉近了与文绣的距离。两人在大婚前的一段日子里，对彼此都有了如沐春风般的甜蜜相思。

在爱情里，溥仪偶尔也会透露出些孩子气，那难掩爱恋的少年也写些让人捂嘴偷笑的奇思妙话，以寄寓衷肠，比如：

小人儿，小模样，在朕心里晃呀晃。

日间短，夜里长，和朕相伴好时光。

一朝相遇宫门里，红烛羞得躲锦帐。

总有百宝称最贵，舍弃三千取一房。

张谦和若见了这样情意绵绵的打油诗，便一番好意地私作主张，照着抄写了一份后，悄悄派了小太监以主子的名义送到了文绣的手中。文绣便也在甜蜜的相思以女孩的娇俏心思，回他几句滑头滑脑的顺口溜：

好人儿，好模样，不及我的小皇上。

日里盼，夜间想，谁说姑娘不念郎。

三生情缘今再定，十分恩爱也不枉。

常言多情无终场，偏让弱水悔断肠。

"好一个心思机敏的人儿！"溥仪见了以上的小诗，忍不住由衷地赞叹着。后来干脆下令给张谦和说："传朕旨意，将淑妃进宫的日子再往前提一提。"

丁酉春 朝珠

"老奴这就去趟内务府传达皇上的圣意。"张谦和声调响亮地唱和着。

他看似严肃领命，其实暗笑不已。

内务府的官员们经过多种推算，终于定下了文绣和婉容两人的进宫吉日。因为按照大清的惯例，身居妃位的文绣应该比皇后至少早一日进宫，以便好在皇后入宫时行跪拜之礼。当张谦和将这个规矩告知溥仪时，溥仪很不愉快地这样说："婉容有什么资格让文绣跪拜，要不是她家施了什么鬼法，强抢了文绣的后冠，明摆着是当皇后的人怎么会在一夕间变成了淑妃呢？"只见他稍显气愤的停顿了一会儿后，继续把玩着一件由宫廷造办处仿照西洋的花鸟式风格制作出来的金质座钟。

张谦和觉得皇帝在临近大婚之际还如此义愤填膺，心中便有所不安，于是连忙识趣地转换了话题加以安抚，但这位忠心耿耿的老奴还是言不由衷地劝道："皇上不必有太多烦心，其实老奴近日也了解了一些关于皇后的事。"说着，他又住了口，改了称呼讲："那婉容在满蒙闺秀里，也算得上是个翘楚。"

"哗啦"一声打断了张谦和接下来的言语，只见溥仪怒气冲冲，将手中造型独特、雕花精美的那只座钟毫不留恋地就扔到了地上。并严厉指责道："朕选皇后并非只注重姿色，今日你公然当起了说客，难道你这大内总管也被荣源用钱财收买了不成？"

随之，他又借题发挥，指着地上已是缺损了的钟连下旨意："一帮没用的奴才，拿赏钱的时候跑得比谁都快，做起正事就越来越会糊弄，看看这都拿什么不入流的东西来糊弄朕，那上面镶的是纯金的吗，当朕真是眼瞎呀？"

"查出这是出自哪个奴才之手，打断他的双腿以儆效尤。"溥仪扶正了面上的金边眼镜，盛怒地喊道。

张谦和吓得"扑通"一声趴到地上，连连磕头着急地说："皇上误会老奴了，老奴只是怕皇帝大婚将近，会因心中的不平出岔子，到时候让天下人白看笑话。"

"造办处贪污腐化不是一日两日了，早在老佛爷在世时，就曾出过这种以次充好的事情，后来老佛爷下令严整，杀了几个管事的并将其同伙下了大狱，造办处才得以清明些日子。老奴让人将这物件拿到皇上您的跟前，就是想引起皇上的重视。"常言说伴君如伴虎，张谦和如履薄冰。

溥仪这才消了气，愤恨地说："在朕心中，真正的皇后只有一位，那人就只是额尔德特·文绣！"

溥仪也是一位受过西化教育的人，虽然传统中妃、后有别，但毕竟二女同侍一夫，何来大小之分？想到这里，更是出于私心，他随后又降旨一道传与六宫，其大概的意思就是说，免去淑妃文绣对皇后婉容的一切跪拜之礼，另外若非朝堂之上，淑妃面圣也可不施大礼。可想而知，在等级森严的皇家内宫，溥仪的这道旨意曾激起了多少波澜。

于是，一对人儿在相思的煎熬中终于盼到了相会的佳期。1922年11月30日，溥仪赐金印和玉册，以近似迎娶皇后的礼仪将文绣极其隆重地迎进了皇宫。那日，长得瘦削俊气，戴着金边镶钻眼镜，儒雅中渗透着帝王气质的溥仪与14岁的文绣初次见面了。在接引官的带引下，繁琐而又隆重的礼仪终于结束了。皇帝惊喜地发现，红烛下的淑妃比照片中那个特别的女孩更吸引人，此刻她温婉中透着纯真，那股子让他一见钟情的俏皮劲刺破了重重夜幕下的紫禁城，点亮了少年皇帝蓬勃的心。

然而，娇羞的文绣却另有一种感触，她先是在紧张的婚礼中揣度着皇家的威仪，没有顾得上寻找时机来一睹从小就十分想探究的宫城，突然又在内心从未有过的慌乱中，被宫中指定的命妇和女官牵引进了婚房里。当身穿朝服项戴朝珠的自己，还在发动着心思乱想什么时，皇帝又突如其来地走了进来，挑开她火红的面纱。她恍惚了会儿，然后就出奇地瞅了一眼身前满眼深情的少年，随即她居然能顽皮地发动心思，思绪飘扬着：原来这就是皇帝，我的丈夫溥仪？好开心啊，看起来也就像个大哥哥一样嘛！"

短暂的眉目交会后，言语的空白怎能倾尽多日以来累累聚集的情意？溥仪便再次用行动圈牢了她，幸福就像潮水般淹没了这对新婚夫妻，让温柔流泻，蔓延到了大地。

第十三章 皇后的恨

翩若惊鸿似娇龙，

玉冠粉饰人中凤。

风情自比天宫月，

佳期无望玉面红。

爱情这东西可真是一把双刃剑。能有多甜就有多苦。既能让人幸福得如在九天幻境，也能让人痛苦得如坠十八层地狱。而爱到底是有多少分量，才经得起均等的分割呢？

轮到婉容进宫时，溥仪和淑妃文绣已经是琴瑟正浓，世间上有哪对热情如火的夫妻能在彼此的眼中，容得下一粒外来的飞沙？

婉容是皇后，虽然在婚礼的仪式程序上与淑妃相同，但具体规格上是略有高出的。关于婚礼的细节那都是按清朝自开国以来的祖制演变而来，在此便不作过多详细解说了。

大婚当天，淑妃文绣本应该统领宫廷内外的命妇和一些掌事奴才在宫门前行跪拜大礼，迎接正宫皇后，因前面溥仪早已下旨免其屈礼一拜，皇后认为此举折损了自己正宫的威严，既然怪不得皇帝，那便将暗生出的敌意投向了淑妃文绣。

　　而溥仪的外籍老师庄士敦也对此前后接着举行的婚礼，表示出了中西不同文化背景所产生出的疑惑。庄士敦觉得自己的皇帝学生犯了重婚罪，也可能是受他的这种西式思想的感染，让溥仪对于与皇后的这场与淑妃相雷同的婚礼有些漫不经心起来。

　　"皇上，快放开臣妾吧，皇后已经在绅宁宫等着您了。"

　　"朕心里烦得很，只想与爱妃在一起多待会儿。"面对淑妃的催促，溥仪这样说。

　　"那可不行，皇上要是现在不去与皇后共行椒房之喜，那皇后定然心中不快，再说，听闻皇后可是个一等一的大美人，皇上见了肯定会喜欢的。"

　　"言不由衷，眼泪都快流出来了。"

　　"皇上，臣妾怎会愿意让心爱的您去与另一个女子欢好，只是怕皇后此时也是望穿秋水般在盼着夫君吧。"

　　"朕不管！"溥仪不假思索地说。

　　"皇上您如此深情，臣妾心暖如春，只是这样一来，日后臣妾恐怕就成了皇后的仇人。"

　　"这——"溥仪若有所悟。

　　"皇上您赶紧的去吧——"淑妃眼含泪花。

　　绅宁宫中，红烛高照，锦幔似霞。皇后久等之下，总算盼来了夫君的一声："朕来迟了。"

　　还未待她作出回礼，头上的凤帕便被面若寒冰的皇帝挑了开来。

　　眼前之人红唇似火，美艳无双。

　　"朕还有公事在身，皇后且先行休息，你我既成夫妻，来日方长。"溥仪冷冷地丢下了皇后。

　　"皇上您这是要去哪儿？"皇后婉容情急之下仓促问道。

　　"摆驾养心殿。"溥仪急速地跨出坤宁宫，逃也似的躲开了椒房中那将要令人窒息的柔情。

皇帝的冷漠生硬让新婚的皇后粉碎了少女的美梦。这些冷待对于生性高傲而又从小就被娇惯坏了的婉容而言，实在是奇耻大辱。后来，她又从自己储秀宫里的大太监孙耀庭的嘴里得知了先期选妃的始末，如此一来，她更是羞愤交加，她恨淑妃夺了皇宠而毁了自己的幸福，恨自己的父母隐瞒了实情，让自己在家人亲朋面前得意了许久，却在宫中稀里糊涂落得备受冷落。

从此以后，婉容便将这些恨意深埋在心，不管是什么事都喜欢针对淑妃，她凡事分毫必争，要不就吵，要不就闹。总之，两个女子没相处上几天，就相互之间嫌隙不断。但这并不影响溥仪一如既往地爱着淑妃，皇后便越发寻死觅活地使劲排挤和打压文绣。后来，热恋中的皇帝又在淑妃多次委婉的暗示下，注意到了皇后心中的怨气，为了让后宫安宁，让淑妃不再因得宠而遭受刁难，溥仪偶尔也会尝试着将恩爱均分。并且，为了表达自己公平的心意，还别出心裁地给皇后婉容赐号"植莲"，给淑妃文绣赐号"爱莲"。殊不知，皇上的这种息事宁人和假意做作的姿态反倒更是伤了皇后的自尊，她越发恨意日长，大有除淑妃而后快的心情。

这一切预示着在这帝王之家中，三人行的悲情婚姻以无可挽回的趋势拉开了帷幕，而帷幕之下，有着她们无尽的悲伤。

宫 怨

> 百花园中意朦胧，
> 蜂狂蝶绕在其中。
> 岁岁年年丽三千，
> 芳草怎堪君王梦。

第十四章 长春宫的朝花和落日

"但见朱栏玉砌，绿树清溪，真是人迹希逢，飞尘不到。珠帘绣幕，画栋雕檐，说不尽那光摇朱户金铺地，雪照琼窗玉作宫。更见仙花馥郁，异草芬芳，真好个所在。房内瑶琴、宝鼎、古画、新诗，无所不有，更喜窗下亦有唾绒，奁间时渍粉污。此为仙境风景之美。"这是曹雪芹在《红楼梦》里描写梦中宫殿"太虚幻境"时的景象。他所写的幻境宫殿，不仅"朱栏玉砌"，更有着重重的宫门，从而将所有的殿阁连成了一座巨大的迷宫。而最前面那座宫门上，曹雪芹用了这样的一副对联：

> 厚地高天，堪叹古今情不尽。
>
> 痴情怨女，可怜风月债难偿。

显然，在曹雪芹描述的这番奇景，我们暂且可将其假想为神话中的天宫。但仔细思量一下，曹雪芹本就属清朝人氏，他的一生也正好经历了曹家盛极而衰的过程。曹寅一代是曹家的鼎盛时期，曹寅的两个女儿，又都曾被选作王妃。曹家祖孙三代四人担任江宁织造之职共达六十余年，从这样的家境可推想，曹雪芹对紫禁城的景貌或许是曾听家人谈论过的。而再细想一下，我国现存最完整的古建筑群中，也只有紫禁城才有沿中轴线顺次排开的重重宫门。而从文学源于现实而言，难道紫禁城就是《红楼梦》中"太虚幻境"的现实参照吗？尤其是紫禁城中高雅、清静的女儿王国，也就是常言所说的后宫，即紫禁城中的东西六宫吗？

位于西路的长春宫正是文绣在皇宫的居所。

长春宫画栋雕梁，原本装饰就极其考究。后来又因慈禧太后曾在此居住了长达23年之久，也正因为她居住于此，这位清末政治女强人才被世人称为"西太后"。举世皆知的是，慈禧对生活上的点点滴滴无不有着极高的要求，其中还以喜欢搜罗天下珍奇占为己有为人生乐趣。于是，长春宫在她老人家多年精心的布局和装点下，自然就成了宫中之宫，无比奢华。

如今淑妃文绣能成为这瑰丽堂皇的长春宫新主，可以想象，起初的宫中生活对于文绣而言那是多么满足！

"皇上，臣妾每日在这宫中华服美食真是享尽了富贵。"

"但朕怎么看爱妃的神情好像并不是特别开心？"一日，御花园中两人并肩漫步时，溥仪回身拉起文绣的手问道。

"臣妾虽家中贫寒，但也是名门之后，受书香传家。可现在深居内宫，再也不能像从前一样在学校听老师讲授学问了。"

"朕真是糊涂，这有何难？"溥仪将文绣轻轻拥入怀中，心中也同时有了初步想法。

没过几日，溥仪就根据文绣的爱好，专为她请来了老师凌若文，教授文绣所热爱的国文和英文，闲暇时间，就由长春宫掌事太监李长庆和近身宫女铃儿陪同她，在紫禁城中到处浏览玩赏。这样一来，皇后婉容就不高兴了，拿这个当成把柄，多次跑到几位太妃面前告淑妃的黑状。

有一日，文绣一时兴起，想走出长春宫完成儿时的梦想，探寻紫禁城中未知的角落。李长庆又模棱两可地提了个议，说是慈宁宫中的花园最是艳丽多姿的。虽说文绣也曾听说过自孝庄、孝惠以后，除了雍正爷

的贵妃、乾隆爷的生母孝圣皇后，以后的太后，太妃们都对这座地位尊贵的太后宫心怀敬畏，不敢再在里面居住。所以，慢慢的，这座辉煌的宫殿不但一点点荒芜空寂下来，最终甚至成了宫中没有明文规定的禁地。但是人的好奇心就是"明知山有虎，偏往虎山行"。

文绣领着赵长庆和铃儿悄悄地踏进了慈宁宫。她站在废弃了的花园里，面对着没有人再精心打理的、随意、顽强绽放出的繁花，思绪浩渺，似乎眼前的一切，已经被贮存在时间的深处，脑中所能想到的一切往事的影子，都在眼前荒凉的院落中变得空无。慈宁宫从前的繁华到如今的清冷，转换之间也仿佛预示着宫中女子荣辱不定的命运轨迹。长情在手，文绣不禁将气息调到最低，轻奏两曲，祭奠这慈宁宫中流逝的芳魂。

长情为何物呢？原来是淑妃手中心爱的玉笛。此物也是额尔德特氏家传宝物，进宫前夕，五叔华湛亲自赠给她的。家族几经动荡，难得华湛还能将它保留住。进宫后，文绣便将此长情视为最珍视的爱物之一。经过宫中乐师的指导，长情显然已遇明主。

但宫中行事，人多眼杂，如若想人不知，除非真的己莫为，一旦让他人抓住你的什么把柄，他们可不管你有什么理由或有什么感触，直接就会置你于不义。

文绣的慈宁宫之行终于被皇后婉容知道了，她大做文章，在端康太妃那里告状道："淑妃不尊祖制，不顾皇家礼仪，不但肆意地在宫中各处行走，还时常不受约束擅闯禁地。"

端康本来就为选妃的事与皇帝有了隔阂，虽然对于文绣这个淑妃的存在从未上心过，但也不想再和皇上加深嫌隙，所以，对于婉容明显的酸劲和无关紧要的指责，端康不打算多听了。

于是，端康安慰婉容道："淑妃毕竟年纪还小，性格也还活泼，初入宫中难免有些好奇就四处走走，也算不了什么，至于闯禁地这事，皇帝自会论断，皇后你又何必讨这个没趣呢？"

婉容还是不服，准备再辩驳点什么，无奈只听端康又接着讲道："你是母仪天下的皇后，比淑妃又要年长几岁，平日里就不要在一些小事上和她计较，将来空落下一个心胸狭窄的名声就不好听了。"又说，"那慈宁宫也算不上什么禁地，先前只是奴才们敬畏里面住过的先主，后又被一些胆小些的胡乱猜测，这些年宫中经费不足，才至于荒芜了些，你要是胆子大点也可进去逛上一圈，那宫里园内的奇花异草才叫稀罕呢！"端康说完，一边摆弄着她的那些珍宝物件，一边慢条斯理地对婉容淡淡一笑，那意思你要再没什么事情的话，就可以走了。

婉容一看这样子，也只得知趣地离开了端康太妃的宫苑，但她不死心，怎么办呢？一计不成另生一计呗。婉容也是个轻易不服输的主，她又打听到淑妃的日常作息，知道文绣时常在心情很好时会随性地哼一两首小曲自娱，于是，她便突然放下姿态向文绣示好。她可是堂堂后宫之主啊，就算文绣心中感觉到有些蹊跷，也不能公然挑明，也不敢不接人家后宫之主抛来的橄榄枝呀！所以，这一后一妃就有了短暂的亲如姐妹般的和睦。在那些日子，宫人发现，只要有淑妃在的地方就一定有皇后。面对这种情景，身为二人丈夫的溥仪，自然很是高兴，表现出了一副喜闻乐见的姿态。这也很正常，天下有哪个男人不想有如此的齐人之福呢？于是，在婉容的刻意低姿态下，溥仪也慢慢对这个样貌不俗的皇后有了一点儿亲近和怜惜。

婉容的苦心孤诣终于换来了机会，她先是寻了个月初的好日子，然后亲自登门到长春宫邀请文绣，前去奉先殿给爱新觉罗列祖列宗供奉香茶，为大清祈福许愿。在森严的奉先殿里，她二人刚开始确实并排磕头、默默祷告。

只见婉容眉目和善，亲切地对文绣说："妹妹，你看我们二人从没为大清立下半分功劳，却天天山珍海味仆从成群地过着尊贵的生活，还不都是靠了这殿中所供奉的每一位先祖励精图治而来的。"

文绣见皇后这话说得在理，也就回之以礼，简短地答道："皇后姐姐说得是，皇上也是少不了各位先祖的庇护。"

婉容便又试探着讲："妹妹与我均已进宫多日，而皇上又最爱在你的长春宫歇息，为何妹妹至今却没有喜兆呢？"

文绣听到这里当然明白皇后言有所指，其实这个事情她自己也有疑惑，一时间文绣心想：不知为什么，皇上每次来长春宫留宿都是先与自己谈天说地，讨论诗词歌赋到彼此都累了时，才在不知不觉中相拥而眠。

看到文绣不言语，婉容又试探着说："难道妹妹不想有喜事？"

文绣看皇后的话越来越直白，便红着脸娇羞地反问说："臣妾年纪还小，而近期皇上不也对皇后姐姐您体贴有加吗？"

婉容见势知道不好再多说这个盘桓在自己心中多日的疑虑了，她想：皇上难得去储秀宫，自己也是依了大婚前宫内嬷嬷教使的侍寝之法，使尽了浑身的解数，然而皇上最多也只是温词软语，并无夫妻实质，难道自己当真就比不上这个小小的淑妃？婉容内心咬牙切齿，可表面上不露丝毫，突然将话锋一转，夸赞道："总听皇上夸妹妹有音乐天赋，不但时常玉笛在手，嗓音更是清亮，歌喉方展就可以让人心思沉静，回归安宁。"

文绣也答："皇后过奖了，文绣不过是偶尔无事哼两句江南小调罢了，用玉笛长情吹奏，打发深宫寂寥，哪有皇后的钢琴弹得动听？"

于是，婉容又说："妹妹，你看这奉先殿内供奉着宗牌，肃穆空当，已化为神明的先祖们能不能也听听你的天籁之音？"

文绣没想到皇后竟然有这种想法，吃了一惊，只好委婉提醒道："皇后真高夸文绣了，只是先祖牌位面前，怎敢无礼喧哗？"

但婉容却假装不知，紧接着又哄劝逼迫说道："妹妹不要过谦了，不过是轻歌一曲献与先祖，没有你想得那么严重，再说，不是还有我这个皇后在场吗？"看文绣还在犹豫，婉容又趁势说道："妹妹就给我这个面子吧，说不定先祖被妹妹的歌声打动，不日便会恩赐你我二人喜事，为皇上添下龙子凤女！"

文绣看皇后已把话说到这个份上，自己再拒绝就有点不近情理了，便只好勉为其难，在奉先殿小声清唱了一曲。

不料奉先殿中歌声绕梁回旋之时，溥仪在孙耀庭的伺奉下，也一脸庄重地进来了。突然的一幕就这样发生了——只见原本站在一旁面带微笑轻打节拍的皇后，远远瞅见溥仪进来，突然换了副委屈的模样，跟跟跄跄地扑到溥仪跟前，哭泣着说："皇上要为臣妾做主啊！"她也不给溥仪询问的时间，只是自顾自地又说："淑妃她依仗着皇上平日里的宠爱，先在这奉先殿众祖之前喧哗，后来不但不听臣妾劝阻，还出言无理地辱骂讥笑臣妾，甚至还在这里唱起歌来侮辱列祖列宗的牌位……"

溥仪听着皇后的诉说，再想想刚才自己确实亲耳听到的歌声，刹那间，他用凌厉的眼神看着没有任何分辩、在一旁呆立着的文绣，溥仪心想：虽说淑妃一向并不是如此没有礼数的人，但今日之事，的确是我亲眼所见，也许是真的宠坏了她，才让她这样毫不自律，我行我素。若此时再不给皇后一个公道和颜面，怕将来后宫是难再有安宁了。想到这里，溥仪狠狠瞪了文绣一眼，当即扶起伤心欲绝的皇后婉容，并亲自将其送回了储秀宫，紧接着，又下旨将淑妃禁足于长春宫内。

这场突如其来的变故，对于本还是童心未泯的文绣来说，无疑是晴天霹雳，这样的结果，她是想都不曾想过的。不过，幸好溥仪顾念着她，没几天就又恢复了她的出行之便，但从此以后，文绣深知了宫中的人心险恶，她开始谨言慎行，对长春宫的大小事情都学着亲力亲为，不再随便假他人之手，也不再随便相信他人传的那些话。此后，文绣每日清晨也都会准时给皇后给各位老太妃请安问好，关心她们的生活起居。同时，又在溥仪的暗许下，开办了一个学习班专心教授宫女和太监们认字。这些用心的付出为文绣带来了很多的赞赏，同时也让她重新赢得了溥仪的深情回首。

一日，溥仪又来长春宫看望淑妃，在西配殿的书房中，这对不同寻常的夫妻彼此坦然以对，赤诚如故友相见。在倾心交谈中，溥仪将一腔积蓄已久的不满向淑妃诉说了出来："天下的人都说朕是天之骄子，三岁就荣登大宝，称一国之君。但天下人却不曾想过，朕也是个血肉之躯呀，回想小时候在这深宫中，不管有多孤独害怕，都不能轻易与父母家人相见，那种凄楚又有几人知晓呢？"

文绣见溥仪滔滔不绝，也不打断他。果然，溥仪对着窗外又继续着前面的话说道："朕一路走来，到了今天仅帝师就有四人，他们个个都是学术精深的世间大儒，朕不敢说能全授全得，但也不曾有负诸位老师的教导，如今学成，却眼看着祖宗的基业要断送在我的手中，此痛此恨该何处消弭？"话未讲完，他已是眼现泪光，情不能胜。

俗话说，意随心转，情由境生，借着这满腔酸楚，溥仪突然提笔写道：

短歌行

看沧海沉舟，月藏天边鱼奔走，热血翻腾，乾坤那般周转。

帷幄在胸，决胜凌云壮志未酬。

恐他日东奔西走，起落跌宕，痴笑人前人后。

羞不提世间凤愿，万般煎熬蜜里调油。何惧霜雪，阶下有诸侯。

然后，溥仪又转向文绣问道："爱妃，以为此志如何？"

文绣看着桌上墨迹未干的苍劲字迹，随之款款深情地说道："皇上有此志，是文绣之福，亦是大清万民之福。"

然而溥仪发觉文绣似乎还有话未讲，便揽过她的肩头轻轻说道："爱妃有话直说，不必多虑。"

文绣这才面色凝重，认真地对溥仪说道："现如今宫外局势日渐复杂，先不提各党各派气候已成，只说那些手握重兵的军阀就很难应对。容臣妾直言，如今别说这偌大的天下，这北京城，只怕连这小小的紫禁城都不是皇上能左右的了。"

听文绣说完这番话，溥仪真是又心酸又沮丧，他一把将文绣拉进怀中，同时自我安慰道："只要有心有志，总会有机会的。"说完便抱紧文绣沉思起来。这长春宫的西配殿承禧殿突然陷入了短暂的安静中。片刻后，只见文绣极是柔情地从溥仪的怀抱中抽身，走到了书桌前，无限美好地婉转腰身，重铺新纸，在溥仪的注视下款款题道：

君恩赋

神彩如画，浓墨何以涂尽吾爱江山？奈何乱世多造英雄，固基业边疆危急，拢民心国库亏空，烦我贤才觅无踪，闲臣贼子贪世穷。

满江红，岳君再来帐中，前程交付风起云涌，江山一统指日在裹中。

溥仪反复念了几遍后，便拉着文绣的手认真地说道："据传在民间有男子先成家再立业的说法，现大婚已过多时，可喜的是爱妃与朕又心意相通，从今往后，该是朕图谋江山基业的时候了。"说完这话，溥仪就昂首阔步地走出了这承载着他志向的"怡情书院"，空留下文绣在长春宫朝花和落日中看着他离去的背影。

第十五章 借阅《平复帖》

传说慈禧当年也很爱看大才子曹雪芹的《红楼梦》，再加上光绪皇帝的珍妃和谨妃提议，于是在长春宫正殿和转角等处的回廊四面内壁上，留下了十八幅以《红楼梦》为题材的精美影壁。文绣小时候就对绘画颇具有天分，后又经过了刚进宫时那种新奇感的消失和对宫中生活的熟知，这时，文绣便将目光投向了那些让她每每驻足都流连忘返的壁画上。这些画作既有着中国画的构图意境，又运用了西洋的透视法，所以，初看之下极其逼真，仿佛画里的人真要与你迎面走过来似的。经过多次细心而又专注的观察和了解后，她发现这样高超精妙的画作在墙壁上受到长期的风霜侵蚀后，势必难以长久地完整保存。于是，文绣萌生了一个大胆的想法：要在有生之年用自己的双手，将其中的精华绘制在纸张上，交于大内文库保存。

文绣心想：此举既可以打发闲散的时光，又可为保存文化做点贡献，何乐而不为呢？她的这种想法得到了皇帝的老师陈宝琛、庄士敦还有敬懿太妃的赞同，甚至连端康太妃也认可。而溥仪本人却不舍得淑妃这样下苦功，准备依照她的想法命宫廷画师来重新绘制，结果被太妃们加以阻止，理由是：内宫之中，陌生男子不便入内。而陈宝琛的意思也是说，若皇妃亲自执笔，那将是对皇族声誉的一次极高的提升。所以溥仪赞同了文绣的想法，并降旨但凡内宫所藏字画或图书等珍品，或任何有关绘画的相关器物，淑妃都可以阅览研习。这道旨意着实是在文绣的眼前打开了一个智慧的百宝箱，清宫中所藏除了那四库全书外，还有浩如烟海的历代名家传世的法帖和妙作等各类藏品。其中各色珍宝器物或乐器典籍更是数不胜数。

在文绣所生活的那个年代，因为时代已经发生了变化，皇宫中的摆件出现了另一大奇观，那就是大小不一、造型各异的钟表。这种象征着从大洋彼岸飘来的西洋文化让人们大开眼界，也无比醒目地向人们展示着世界的博大和人类智慧的无穷无尽。那些或有着人偶或有着汽车风轮、或有着中国式庭院的钟表，不仅是摆件，更是一种新思想的象征。无时不在提醒着人们，世间还有另一种思维，人有另有一种活法。

文绣志向已立，为了技艺的精进，她尽可能吸收着眼前所有的艺术精华。她不再到长春宫外面去闲游了，大多时候，要不在内宫藏书之地文渊阁查阅典籍，博览强记来体察古人习性，要不就在长春宫内壁画前悉心临摹。

这一天，她无意中在与绘画老师的交流中，听说晋代大才子陆机有法帖传世，便心生好奇，翻遍了大内很多珍藏室却没有找到，心有不甘的她便又直奔养心殿去找溥仪。

很快，就听到张谦和在养心殿外高声通传道："皇上，淑妃娘娘在外求见。"

端坐养心殿的溥仪听到这句通传，便不假思索地回道："快宣。"文绣进到养心殿中稍稍行礼后，就直奔主题说明来意道："皇上，近日臣妾无意间听到，当今世上流传着一幅晋代陆机的至宝《平复帖》，臣妾又联想到皇上一手洒脱俊逸的书法，心中真是敬慕得很，所以也想学得一二。"

"所以想看看《平复帖》。"不待文绣把话说完，溥仪逗趣着接话，然后语带酸味地说道："所以淑妃不是来看朕的？"

文绣身穿粉紫相间的旗装，因了刚才是一路小跑着来的，这会儿气息还未完全平复，面上也是红艳可人的样子，眼见皇帝宠溺的眼神，她连忙娇羞地答道："皇上取笑臣妾，臣妾那就先回长春宫了。"

溥仪见势一把就将她拉到身边，自语自言地说："唉！淑妃既是来找朕要宝物的，哪有来了就走的道理，难道爱妃就没有什么贴己的话要与朕诉说，况且朕又怎能让爱妃空手而归呢？"

文绣一脸充满娇羞的期待，人见犹怜。溥仪怎忍心再行逗弄，只好说道："朕想起来了，晋朝的陆机像是真有一本法帖传世。"

"那太好了，皇上可否让臣妾一睹其风采？"文绣轻拍玉手，一副欣喜若狂的模样，脱口说道。

这时，溥仪反而倒是思索了会儿，才模棱两可地说："只要爱妃喜欢，又有何不可？只是那《平复帖》并不在宫中，朕也只是听闻陈师傅曾经说过。"

"那皇上可听说过如今下落何处？"文绣赶紧追问。

溥仪便又细细地想了一下，而后才郑重其事地说道："爱妃莫急，朕这就传旨让我那堂兄溥儒明日进宫。"他说完，就对身后的张谦和吩咐道："张总管，还得你亲自去一趟。"张谦和自是连声应诺。

到了第二日用过午膳后，文绣就早早地来到养心殿等候，随着张谦和的一声："爱新觉罗·溥儒觐见皇上。"

恭亲王奕䜣的孙子溥儒，双手小心翼翼地捧着个百宝镶嵌的牡丹图匣进了来，分别向皇上和淑妃行完礼后，就轻轻将匣子打开，当他从图匣里面拿出来一张麻纸微微地展开时，在场几人都像是停住了呼吸似的，盯着那有点发黄的纸张。少顷，溥仪拉着文绣走上前来，只见麻纸上的墨色淡淡地泛着绿意，而上面书写的字迹笔意婉转，技法圆浑。

溥仪脱口就赞："此帖秃笔枯锋，朴质古雅，不愧为号称洛阳三俊之才子的手笔，只是……"

溥儒见皇上话中有话欲言又止，便俯首问道："皇上若有疑问，臣不知能否解答？"

"堂兄长可否告知是如何断定此帖出自陆机之手？"溥仪没有接过溥儒的话，反倒是这样回答了前者的提问。

溥儒听罢，便手指麻纸的一处，严肃地说："这里是宋徽宗的题签和玺印。"

溥仪这才显出一副恍然大悟的样子说："哦，堂兄长好学问！"

"皇上过奖了，据史书记载，陆机少有奇才，文章冠世，此帖应该是他平生才学的精华所在。"溥儒也这样恰如其分地回答道。

这时文绣也紧随其后说道："常闻字如其人，此法帖文句古奥，且无一笔媚俗气，亦无一笔粗犷气，对比陆机的生平经历，也该是恰如其人吧。"

"臣万没想到，淑妃娘娘竟有如此鉴赏能力，以字观人说来容易，真正做得到却少有人能为之。"

溥仪便也紧随其后赞扬道："兄长且不知，淑妃虽居宫中，但阅尽大内所藏，眼力还是有的。"说完，便紧盯着《平复帖》不放。溥儒心领神会，只得咬紧牙关，忍痛割爱，颤抖着声音说道："此帖原来就为宫中所藏，现在流传到臣手中，本来早该归还内宫，只是臣实在是喜爱的很，才拖至今日，还请皇上和淑妃娘娘恕罪。"溥儒才情高雅，世人皆知。

这时，溥仪见目的已达到，就和气地安抚道："兄长多虑了，朕与你均是爱新觉罗氏子孙，哪有什么里外之分，只是淑妃她想暂将此帖留在长春宫赏析几日罢了。"

文绣见话已至此，也紧跟着随和地说道："多则半月，少则十日定当

丁酉春月朝珠

奉还，但族兄若有不舍，那文绣自然也不会勉强。"

如此一来，溥儒的心顿时宽敞多了，嘴上的语气也轻松了好些，说道："皇上和娘娘都是金口玉言，臣岂有不放心的理？"说完就将《平复帖》重新放回匣子里，递到了文绣跟前。同时，亦真亦假地打趣道："娘娘若忘了，臣定当日日赖在皇上身边，寻机到长春宫索讨，否则，臣非要将皇上这养心殿西暖阁内'三希堂'的珍宝拐带走方才了事。"

溥仪很了解这位族兄的喜好，此番知道他虽是无意一说，而其内心实属早有所图，只是往日不敢无故轻易露于言词罢了。天下风雅仕人，又有谁能不倾仰这内宫中的所藏呢？除了文渊阁《四库全书》及其他珍宝之外，那就算是这这"三希堂"内藏有的晋代王珣的《伯远帖》、王献之的《中秋帖》以及王羲之存世的唯一书法真迹《快雪时晴帖》了。这三大宝帖，自乾隆皇帝从民间各处搜罗归内宫后，一直被几代帝王视为稀世珍物，轻易决不示人。这样一来，在朝内朝外，关于此三宝帖的传闻就愈发显得神秘了。眼前溥儒提起这事，溥仪是何等人物，怎不明了他的心中所念？既然他心心念念，收藏玩赏书画成痴，那何不成人之美呢？溥仪便走向族兄，亲热地抓住他的手，瞅着西暖阁的方向邀请道："兄长今日专程入宫献宝，皇弟又怎能让兄长空手而归。不如趁这一时空当，随朕一道取来'三希堂'宝帖品玩一番如何？"溥濡听罢此言，大喜过望，但见他额头沁汗，双手紧握抱于胸前，声音都有些发抖道："谢皇上，谢皇上明察秋毫，臣实在是早有所想……"

文绣自从借得《平复帖》后，悉心品赏把玩，一日三叹，感慨不已。自此，多日都不曾踏出过长春宫半步，精心研习其中的奥妙意境，一心力求书法的长进。

第十六章 淑妃戏雨

溥仪欲展宏图的野心一旦迸发，便开始真正需要一切都能为己所用的力量，在与皇后婉容和淑妃文绣共行的婚姻里，身为帝王，不管是为了维护皇族的正统尊严，还只是出于政治上的抱负，他都不能不正视自己的那位皇后。

于是，婉容的父亲郭布罗·荣源升任为内务府大臣，而其家族根深蒂固的背景，在清朝廷的遗老遗少中也很有影响力，再加上婉容本身比溥仪更多的受过西式教育，她时而展现传统，又时而在皇帝面前展示她别具风格的西式风习，也博得了溥仪的不少喜爱，两人也有诸多琴瑟相和的生活。可文绣则很反感溥仪和皇后二人学习西方人的饮食，若无其事地将还未煎熟透的带血牛排送进嘴里咀嚼，整日沉湎于各种精巧的西洋玩意儿中。但是，溥仪很是醉心于西洋文化，和婉容成天玩赏西洋钟表、照相机、骑自行车出游，玩得不亦乐乎。时日一久，少年皇帝的情感在不知不觉中，慢慢从对文绣的专一迷恋中转向了婉容那边。而文绣本人一身傲骨，从心眼里不愿意为了夺夫而与婉容争斗，她的这种清高孤傲的性格，在宫廷中自然要吃亏了。随着二人在溥仪心中的此消彼长，后来宫中再有什么重大场合，淑妃的身影就悄悄少了起来，直到最终基本消失不见。

身为一个女人，与自己至爱的人日渐疏离，文绣的心中也难免时有落寞之感。好在她知道溥仪虽然玩心甚大，但心中的志向尚存，皇帝内心真正需要什么她是知道的。所以，在孤独空寂的时候，文绣时常恍惚地想：皇上有意降恩将自己的亲妹妹嫁与婉容的兄长，说明皇上亲近皇后的目的主要还是从大局考虑，努力扩充培养自己的实力，以便将来重振大清江山，这与一个男人对一个女人的情感是不相干的两回事。这样一想，就觉得自己此时受到的冷落并不是那么可怕难忍了，便继续安心待在长春宫中，一边与书为伴，一边潜心临摹长春宫内的红楼壁画。

时间飞转，紫禁城的四季轮换都是轰轰烈烈的。在夏日的午后，常有惊雷震动寰宇，稍一会儿也许就能听到宫殿上上下下雨滴传来的闹腾声，若此时再站在紫禁城中轴线上最高处三大殿的任一角度巡视，放眼所及，也定然是让人不得不感叹人的智慧和灵巧——这紫禁城强大而又美观的排水系统，阵势和实际效用都堪称绝佳，那雨水即使是倾盆而下，也奈何不了这人间的帝王之家。然而这种来自于自然界里没有规则的侵袭，也是王者的威严无法阻止的。也或许雷雨在深宫中啃噬或跳跃都只是想寻找一份与己相近的友谊，它多番来临却都无一收获，执着的本性让它在此日的午后又降临了。当雷雨欢乐地将炎热暂时驱离后，仗着这几分功劳很快又重新在紫禁城中撒起野来，并且一并奔袭了长春宫，还颇为放肆地敲打着宫中的窗户玻璃。刚刚从床榻上醒来的文绣被这雨滴的轰响吸引住了，她无心在意自己的乌发散落和素眉简装，就急着走出了内室，霎时间，又被眼前宫门旁边戏台子的木檐下那顽皮跳跃的水流所感染，一时童心大发，忘却了如绳索般的宫廷拘束，也顾不上什么皇妃礼制，管它脚上的鞋袜穿还是没穿，就几大步跨入了雨中，尽情欢乐起来。此刻的文绣，已经不是什么淑妃了，她只是一个美好的顽皮的女孩。

一帮紧紧地簇拥而来的宫人，见主子此刻笑脸如花，眼放奇彩，还没等他们悟出个究竟，文绣就冲进殿内书房，拿了那管心爱的碧玉笛子长情后，又在一帮宫人的连声惊呼中，转身又冲进了雨中，赤着脚欢悦地跳着，脚底下光滑的青砖地面让人感觉格外的柔情。文绣忘情地边舞蹈边吹奏。

也许是夫妻连心吧！不然皇帝怎会在这个时候突然想起了多日未见的淑妃？他心想：正好趁着雨后的清凉到长春宫一趟。

半道上却又来了一阵微雨，溥仪不免加快了脚下的步子，唉！他人虽未到，但心已在佳人身侧。他美滋滋地又想：也许爱妃此刻睡得正香甜，朕就来个突然现身，看她会现出什么个小模样。带着满心爱意的溥仪来到了长春宫宫门前面，循着笛声的牵引，他跨进了长春宫。

他被眼前见所未见的画面给逗乐了。原来，他心爱的淑妃赤脚在雨水中旁若无人地时而舒展腰身跳舞，时而停下来将悬挂着金黄色缎坠的碧玉长情轻放在唇齿边，吹奏出欢快的曲子，既应景又应时。此情此景，也让长春宫中的一帮太监和宫女看得入了神，居然没有发现他这个皇帝的驾临。末了，还是文绣自己心中有所察觉，在心神相通的瞬间回眸，跟溥仪对上面了，惊得她慌忙相迎，一宫的仆役也瞬时跪拜高呼："皇上万岁！"向来注重威仪的溥仪这回却破例一概不责备，反倒一改常态，堂堂帝王偏偏装得像市井中的浮浪子弟一般，不怀好意地紧紧盯住淑妃已经湿透了的玉缎色斜襟内衫，目露爱怜地对眼前春色无限的玉人戏谑着责备道："淑妃此番嬉闹，若非有意为迎接朕而舞，岂不在众奴才面前尽失皇家体统？"

其实他此言未出，文绣就已羞窘满面，这会儿更只是低着头，紧盯着自己纤巧的双足，进退不能。溥仪见状又开玩笑似的说道："淑妃向来胆大又足智多谋，怎么今日一语不发，只顾在大庭广众前拿左脚逗右脚了？"文绣无奈，终于艰难地抬起了头欲语还羞，涨红的脸颊却像火一样撩拨了皇帝炽热的心。溥仪不忍再折磨眼前的爱人，他伸手将文绣拦腰抱起。

久别相逢爱意更浓！皇帝是迫不急待地没了斯文，狂乱地撕扯着她的衣裙。她享受这些粗质的野性，尽管她从未曾预先设想过，但生命的本能让她产生了同样急切的渴望。她需要更深的填补来挽救身心的空虚。火是越烧越旺，但又是上演了一场有始无终的温存。几度后，榻上传出话词说："笔墨伺候！"外边的太监立刻进来，呈上笔墨，溥仪稍作思量，然后一气呵成：

淑妃戏雨

胧光渺渺，何似戏里升台高，阵阵催雷，打响冲锋的阵号。

一地尘起，是暑热在胡闹，满地娇红，春光在末梢，多少妖娆不及此处曼妙。

彩虹架上仙子笑，此雨正好。

文绣自当这是皇帝对自己最好的褒奖了。

忽一会儿，她又猛然想起小时候就有所耳闻的"辫子军"首领张勋去世的事情，在进内室重换了衣装出来后，便问溥仪："皇上，臣妾听说张勋近日在天津卫病逝，社会名流多有致辞或挽联送达，不知皇上可有恩赐？"

这个时候，溥仪便随手将正在赏玩的人偶式钟塔放回紫檀宝阁里，转身对她简短而庄重地说："张勋是我大清的忠臣、良将。"他说完，见文绣点头赞同，便随即反问道："不知爱妃可有好的议词可表？"

文绣走近溥仪跟前，正色道："传闻张勋大人平素十分讲义气，又乐善好施，而其为了忠于我大清，一直保留着头上的辫子，宁可掉脑袋丢性命，也不愿意剪除，实在忠勇可嘉。"溥仪听到文绣的这般赞誉，当场便有了主意。

第二天，溥仪便下诏赐张勋谥号：忠武。

第十七章 政变前夕

　　1923 年，北洋军阀的北京临时政府为了解决国会会场狭小的问题，相关负责人商议拆除掉紫禁城中的三座大殿，改建成为西方的议院样式，这个事情被当时驻军洛阳的大军阀吴佩孚知道后，他立即给时任中华民国第五任大总统的曹锟和其他军政两界的头目发去电文：

　　顷据确报，北京密谋，决拆三殿，建西式议院，料不足则拆乾清宫以补足之，又迁各部机关于大内，而鬻各部署。卖五百年大栋木殿柱利一；鬻各部署利二；建新议院利三；建各新部署利四。倡议者处心积虑，无非冀遂中饱之私。查三殿规模阔丽，建明永乐世，垂今五百年矣。光绪十五年，太和门灾，补修之费，每柱靡国帑至五万。尝闻之欧西游归者，据云，百国宫殿，精美则有之，无有能比三殿之雄壮者。此不止中国之奇迹，实大地百国之瑰宝。欧美各国无不断断以保护古物为重，有此号为文明，反之则号为野蛮。其于帝殿教庙，尤为郑重。印度已逐蒙古帝，英人已灭印度王，而施爹利，鸭加喇两地，蒙古皇帝宫殿，至今珍护，坏则修之。其勒桫各王宫至今巍然。英灭缅甸，其阿瓦金殿，庄严如故。今埃及六千年之故宫，希腊之雅典故宫，意大利之罗马故宫，至今猷在。累经百劫，灵光巍然，凡此故宫，指不胜屈。若昏如吾国今日之举动，则久毁之矣。骤闻毁殿之讯，不禁感喟，此言虽未必信，而究非无因而至。若果拆毁，则中国永丧此巨工古物，重为万国所笑，即亦不计，亦何忍以数百年故宫，供数人中饱之资乎？务希毅力维一大地百国之瑰宝，无任欣幸，盼祷之至！

以上吴大将军的电报内容发出后，便被各报刊争相登载，并且得到了全国上下的一致拥护，故宫三大殿也因此得以保护存留至今。

正因为此，让爱新觉罗家族各王公们，从记恨吴佩孚抗击张勋复辟的过往中改变了观点。而溥仪也同样通过这件事认为：吴佩孚是个刚毅正直的军人，其人又治军有方，作战勇猛，若能拉拢其为己所用，那图复祖业就指日可待。于是，他便在与陈宝琛等核心大臣合议后，决定让淑妃文绣以皇妃之尊出面先和吴佩孚的夫人张佩兰结交，但溥仪未曾料到，一向支持并对自己恭顺有加的淑妃却拒绝了这份紧要的差事。

溥仪为此非常恼怒，只见文绣岿然不动，她冷静地说道："吴佩孚虽勇猛有才，炙手可热，但前有其支持袁世凯篡权窃国，后又击退过大清忠勇有加的猛将张勋。种种行径和动机皆表明：其人从心眼里是与大清朝为敌的；再者，吴对曹锟异常忠心。若皇上轻举妄动，试图拉拢他，一旦事情不成，反而暴露了自己的心志，让别有用心之人借此发难，到那时，只怕皇上别说想保有今天的地位和生活，就连性命恐怕也……"

对于淑妃的这番言辞，陈宝琛和溥仪的生父载沣也深为认同。但溥仪的另一新任幕僚郑孝胥却颇不以为然，他鼓动年轻的皇帝，要想光复祖宗的江山，那就必须寻找强有力的靠山，溥仪的心思在他的再三鼓动下，也活泛起来了。

在溥仪的默许下，郑孝胥借此在历史的舞台上粉墨登场了。他曲线回旋，先是与曹锟和吴佩孚所信任的部下郭绪栋联系走动了起来。可不久，此举便被日本人注意到了。对于日本人来说，吴佩孚是北洋军阀中的实力派人物，是一个值得拉拢收买的对象，可哪知吴佩孚虽为军阀，但民族气节和意识甚重，久攻不下之后，日本人害怕他与别的势力联合，日后就更难以控制了，便心生一计，通过一系列的迂回运作，引发了吴佩孚与冯玉祥之间的争雄，从而，将各系军阀之间的权力斗争之火点燃。而这，也最终冲击到了紫禁城中溥仪的小朝廷，加速了清朝残留皇权的彻底消亡。

　　而此刻在紫禁城中，关起门来不管世上春秋的小朝廷内，也正上演着一幕幕好戏。皇后婉容终于抓住这件事情大做文章，她以文绣抗旨不尊，不体谅皇帝的苦心之志为由，在溥仪的面前一再诉说挖苦，极尽挑拨之能事，让溥仪对文绣从不满到嫌恶，直到最终在心里与文绣拉开了距离，并在情感上也与她产生了一道深深的裂痕。在随后很长的一段时间里，文绣便被溥仪有意地遗忘在了长春宫的庭院里。暮色深深，宫苑沉沉，寂寞的愁绪像千万把小刀，时刻都在分割着她的每一寸身体。

　　而为了溥仪荒唐的野心，紫禁城中小朝廷的那班所谓"忠臣"们，一刻也没有停止复辟的相关活动。在郑孝胥等人的合谋和带动下，他们一致认为：直接决定清廷安危和前途祸福的，就是那些握有重兵的军阀们。于是，溥仪除了授意臣下继续接近拉拢吴佩孚等军阀外，又把目光锁定在了奉系军阀首领、东三省巡按使张作霖身上。年轻的溥仪并不笨，他选择此人是有其想法的：其一，张作霖手握重兵；其二，张作霖出生微寒，纵观他的功名之路，很多都得益于飘摇中的清廷的追封及扶持，他本人思想又保守，对帝制和皇室有着莫名的尊崇，至少看起来是属于可以拉拢的人；其三，张作霖所统治的区域，正是大清王朝的发祥地，清朝王室还有大批土地及皇家资产、庄园在那里。

丁酉歲春　朝珠

　　而对于从紫禁城中小朝廷那里频频传来的暗示，对于那位徒有虚名的所谓"皇帝"所伸出的双手，张作霖这位已经登上了东北王宝座的乱世枭雄，也不是一口回绝或无动于衷，他也有自己的如意算盘，这算盘居然也有几分与溥仪的想法不谋而合，比方说，张作霖认为虽然溥仪有名无实，但仅仅其所拥有的"宣统皇帝"这一正统尊号，对于大清朝发祥地的满蒙地区就仍然有着号召力和影响力，既然如此，那何不借助溥仪头上的名号来进一步巩固自己对东北和内蒙一带的统治呢？就这样，张作霖也假意逢迎，顺水推舟，和溥仪的小朝廷开始了若即若离的交往。其实，只要稍微对北京城和全国的局势有所了解的人，都能发现，在军阀割据而且清廷早已尽失人心的年代，妄图复辟绝对是一桩天大的笑话，可悲的是，身居小朝廷内沉迷于祖宗荣光的溥仪，闭目塞听，既没有考虑时世人心的变化，更没有考量自身的实力，而是妄图复辟并把前程寄希望于他人，这将注定是一场让人叹惋的悲剧。其实，就算实力之强如张作霖者，对于京城瞬息万变的势力角逐，这位在关外威名赫赫的东北王也感觉吃力。

　　民国初期短短的几年间，帝都京城经历了数次执政首脑的频繁更换，还经历着英、美、日等资本主义侵略国的蓄意分裂和虎视，如今又有另一股潜藏已久的复辟浪潮汹涌而来，紫禁城的恢宏殿宇能否经得住这场浩劫呢？聪慧的文绣在长春宫宁静的深思中，已经隐隐嗅到了危险的气息，她连日都在奉先殿虔诚地向先祖祈愿，希望丈夫溥仪能平安地度过这段艰难的时世。

第十八章 御膳和仿膳

　　眼见着一场灾难将要来临，文绣却无能为力，甚至到如今，她除了祈福之外，连皇上的面都不能轻易地见到了。但孤独并没有让她的意志消沉，她想尽办法寻找时机用隐晦的话语提醒内务府人员，让他们随时留心宫中珍藏的国宝和财物。而她自己也更加紧地将回廊内的壁画绘制保存。但仅凭这些还是远远不能让她安心的，她总想着在灭顶之灾来临之前，为这文化的传承再多做些事情。于是，她反复地思考着对于眼下的局势该怎么办？

　　"民以食为天。"当淑妃她带着满心的疑问找到公公前摄政王载沣时，同样近乎隐居的载沣睿智地这样回答了她。

　　我怎么没想到这个简单的事情呢。文绣仿佛如被醍醐灌顶，幡然醒悟过来。只要是人活着，不管是贫穷还是富贵，都离不开食物，"吃"这一个字就概括了所有关于活着的根本。

　　于是，文绣在宫中最后的一段日子里，去得最多的地方就是御膳房了。长春宫里也是有单独的小厨房的。往常皇帝来时她也会时而亲自下厨。但是对御膳房了解得多了，她才真正发觉宫廷菜品的奢侈实在是让人叹为观止。若非皇族贵人或重臣，就算倾其一身，也不一定能见识到那种极致的口腹之欲给人带来的享受。尽管文绣本人并不赞同如此的奢费和极尽奇巧只为了满足人的食欲，但她同时也不得不佩服那精湛的烹饪工艺之美，各种食材的匹配之美，数代累积传承的经验之美，还有各种食材的药理及形象之美。总之，这所有的美好都汇集成了一种厚实的饮食文化，是当之无愧的国之瑰宝。而一种具有民族特色的美食也是一种民族精魂的象征。文绣想：我必须有所作为，让这种美食思想和精神在后世之中留存下来，几千年的文明史离不开它，御膳房可谓是真正融合了满蒙汉各族饮食文化精髓的所在。

可是，若在这个时候公然召集齐御膳房的领头御厨们，那势必会引起皇后的猜虑和宫中人员的慌乱。怎么办呢？不如先寻一两个踏实机警的厨子做领头人，将自己的心中所想告之，也避免节外生枝的可能。

文绣想清楚后，通过多日观察，发现掌厨赵仁斋和他的儿子赵炳南不但厨艺顶尖，为人也厚道可靠，之前宫中几次重大的宴会都是这父子俩领头操办的，想来对满汉全席所有菜品的制作以及精神内涵掌握得应该比较全面。于是，有一天，文绣便借故让掌事太监徐长庆将赵仁斋传唤来了长春宫。

"奴才给娘娘请安，娘娘万福。"赵仁斋一到，立刻给文绣请安。

"赵师傅可知本宫今天传你来有何用意？"文绣微笑着问道。

赵仁斋一脸茫然，忙说道："奴才愚钝，还请娘娘明示。"

"赵师傅入我大内司厨多年，技艺高超，深得皇上的嘉许。本宫今日想问问你，你是否已从中领悟了美食真正的奥妙所在？"

"奴才不敢妄言，还请娘娘指教。"赵仁斋小心地答道。

"你不必多虑，只需如实回答我的问题即可。"文绣接着说道。

"既然娘娘有旨，那奴才就大胆胡说几句了。从奴才做学徒时起，师傅就说过'民以食为天'，所以，厨子这门手艺不仅是满足人的口腹之欲，更是生活的必须，会永不过时。"赵仁斋见淑妃脸上并没有不悦的神情，便大着胆子试探性地回禀着。

"说得好，正如赵师傅你刚才所言，做一名厨子，为世人奉上精心制作的可口饭食是一个体面的行当。就不知你除了愿意在宫中为皇室贵胄司厨外，心里可曾想过，有朝一日能向平民百姓展示你所身怀的技艺？"

"奴才本就是一个布衣粗人，师傅传艺时说将来不管你的食客是什么样的人，作为一名厨子，都应该以同样的专心和敬畏来做好每一道菜品。"

"如此甚好，你能有这般觉悟，本宫也就不用再多说什么了。现在本宫有一封书信将要交给你，但今日之事你不能向宫中其他任何人声张，还必须保证若今后不出皇宫，便将永远不开启此信。"文绣说着，便示意铃儿将一封信交到了赵仁斋的手里。

赵仁斋不明所以，但眼看淑妃一脸的严肃，便将疑问硬生生吞进了肚子里，嘴上只是慎重地回禀道："奴才尊旨，他日若有违娘娘嘱托，奴才愿以人头相抵。"

就这样，直到后来，赵家父子出宫时，赵仁斋才小心翼翼地捧出淑妃留给自己的书信：

爱卿展信之日，恐正如本宫所料想：大清的江山已是尽沦于他人之手，但本宫仍想为皇上、为各代先祖给臣民们留下些许念想，而卿等御厨所擅长的满汉全席虽本来自于民间所创，但后来经数代高厨的精进和改良，如今已是满汉各族一家亲的象征，更是我中华累世美食文化的积淀。本宫期愿以卿等之福德和技艺，将此美食的魂灵再传回民间，望诸位爱卿能将食材原有的稀奇和珍贵平民化，以便更好地惠及普通民众。在此，请卿等恕本宫之私心，为有别于我皇家的至尊和唯一，卿等日后所创饭庄当以"仿膳"二字为宜。

　　后来，赵仁斋父子果然在出宫后不久，便召集齐了同样离宫的御厨王玉山、赵承受以及厨工孙绍然等人，于 1925 年在北海公园正式开放时，这一行人就在北海公园开办了"仿膳"饭庄。值得一提的是，北海公园原本就是皇家私园，当"仿膳"一经开办，就轰动一时。从此，就算是平民百姓，也可以一享昔日帝王的口福。文绣的心愿得以实现。

第十九章 兵临城下

溥仪也并非无心之人，虽然他之前没有在明面上听从淑妃的意见，但私底下也是做了一些最坏的打算。比如，他安排弟弟溥杰及几个亲信，将宫中一些贵重的珍宝财物悄悄转移了出去，以备将来急时之需。但这件事情后来败露后，成了日后人们对其不齿的原因之一。

就算作了再多的心理和物质的准备，预想中的灾难，该来时还是会来临。

1924 年 10 月 22 日，直奉大战中的直系将领冯玉祥倒戈，他趁直奉两军在石门寨、山海关等地激战，直系后方兵力空虚时，率部于星夜以雷霆之势在北京城发动了震惊中外的"北京政变"。结果未费一枪一弹，就成功地迫使直系统帅吴佩孚兵败解职，并且监禁了当时的总统曹锟。

冯玉祥是追求民主的将军，生平佩服孙中山先生，所以，对帝制非常痛恨，发动政变后，他便决心全力实行其久积在心中的志向，彻底铲除封建王朝的旧根，把前清逊帝溥仪赶出紫禁城。于是，在他的授意下，当时的北洋内阁政府，修正了关于优待清皇室的条件，宣布永远废除中国几千年来封建王朝下的皇帝称号，并要求溥仪在规定期限内搬出皇权象征的紫禁城，将这一皇宫禁地对民众开放，从而彻底撕开了封建帝制最后一层神秘的面纱。

　　1924 年 11 月 5 日，当冯玉祥将军的部下鹿钟麟率荷枪实弹的军队进入紫禁城时，溥仪正在储秀宫与皇后婉容闲谈取乐。内务府当职的荣源惊惶地闯了进去，带着哭腔喊道："皇上，大事不好了，有人逼宫！"荣源嘴上说着，人已双膝瘫软了一样跪倒在地上。同时，不忘用颤抖的双手递上了一份限三小时内离宫的法令。溥仪看到后，当场脸色大变，婉容看了也惊恐地张大了嘴巴，连手中才咬了两口的一个青红相间的苹果都毫无知觉地掉到了地上。储秀宫内外顿时哭声一片。

　　溥仪惊惧之后，习惯性地喊道："张谦和，摆驾养心殿。"

　　荣源却在地上抓住溥仪的裤边凄楚地说道："皇上啊，因张总管拒接刚才老臣递交给您的法令，已经被外面那帮大兵打……打死了。"

　　溥仪听了如五雷轰顶，好半天没回过神来。末了，强忍着泪水没再说什么，径自呆呆地走回了养心殿。在经过反复权衡后，只能万般无奈地选择弃宫。旨意发下去后，整座紫禁城顿时乱作一团。

　　但这个危难时刻，溥仪却并没有忘记被自己冷落已久的淑妃文绣，他命人赶紧传旨长春宫，让所有人等皆听淑妃号令，即刻收拾长春宫的物品准备撤离。

　　其实，文绣对于这场迟早会到来的变故，早已作了思想准备。她的近身宫婢铃儿心细，发现自家的主子在这大难临头的时刻，不但不关心长春宫中的珍玩和书籍，就连非常喜爱的一柄紫檀龙纹如意和那支玉笛长情也都没有叮嘱宫奴和侍婢们收到行李箱子中，只是一边喃喃自语地说道："都怪我常日学艺不精，没能将影壁上的画作悉心传承。"一边却拿了把剪窗花用的镏金剪刀，悄悄地藏到了衣袖里。铃儿感觉不妙，便十分谨慎，寸步不离地跟在主子身边。一直等到溥仪派人来接，铃儿依然不敢大意。在紧随淑妃与皇帝会合后，才悄悄告诉了皇帝溥仪，结果却引来了皇后婉容的一番冷嘲热讽。

此刻宫内人心惶惶，溥仪也没有太多心情去关心淑妃的举动，但他可不傻，在铃儿报告后，他回过头来，用极不耐烦的眼神逼视这文绣，那意思希望她自己马上解释原因，众人看皇上这样的举止，也都面面相觑。文绣只好叹了口气，说道："臣妾常常敬慕历朝历代的忠烈女子，今日皇上遭此大难，文绣身为皇妃，目睹我大清几百年江山尽失他人之手，今天皇家宫苑又无故被强行侵占。贼人张狂，竟敢命令皇上出狩。文绣既无力自保又拖累皇上，故自作主张袖藏利剪，一旦事有不济，只好以死殉清，永世忠于皇上。"说罢大哭。在场所有人为之动容，满宫相送的宫女和太监又再一次发出悲怆的哭喊声："恳请皇上保重龙体，娘娘保重凤体啊！"溥仪也禁不住潜然泪下，搀起文绣，伤感地回望了一眼仍然金碧辉煌的皇宫，说道："爱妃不必伤心，你的心意朕知道了，可惜啊，若我大清子民都有你这份忠心，大清江山又怎会沦落到今天？"

婉容在一旁听了，心中又冒出了一阵没来由的恨意，她先是鄙夷地瞟了文绣一眼，继而对着溥仪娇嗔地催促道："皇上，那些野蛮的大兵可不讲半点情面的，咱们快出宫吧。"

婉容没料到，自己的这话音还没落，就被羞愤交加的溥仪一掌挥了过来。虽然没打到脸上，但凤冠却在刹那间应声落地。可怜那华美的金银珠饰就像是眼前四散而逃的大清皇室一样，凄怆零落，无法再聚拢起来。

第二十章 患难夫妻

　　文绣跟随着溥仪和婉容，还有一帮亲信仆从凄惶地离开了紫禁城，惊魂未定的他们，只得先暂时住进了载沣的醇王府。

　　境况到了这种程度，先不提溥仪夫妻三人的心里是怎样想的，在看到政变的危险稍有减少后，仅溥仪身后一帮皇室贵胄就按捺不住了，他们凭着各自的实力和关系，相继搞了一些不关痛痒的形式文章，比如，请学者胡适等人以维护契约精神为由发表言论来强烈抗议，胡适宣布反对暴力迫使清皇室优待协议的作废；紧接着，军阀张作霖也摆出愤怒的姿态，在各方势力间进行斡旋，并且还产生了一定的影响。最起码，冯玉祥将军同意撤离了在醇王府周边的岗哨，使醇王府的门禁管制也放宽了些，醇王府至少表面上回归了一些安宁。

　　但在明眼人一看就看得出来，张作霖对溥仪的善意，显然不是真的要求维护民国与前清皇室之间的契约，而是以此为借口意欲进京的先头举动。而其目的无非是独霸京城，说一不二。溥仪这个招牌对于实现他的这个目的是有用处的，只是，此时的溥仪也并非傻子，这位逃难的末代皇帝清楚地明白：张作霖不过是一时想要利用自己罢了，用完了就会扔进垃圾堆。所以，溥仪不得不承认，"复号还宫"只是一个自欺欺人的美梦罢了，恢复大清江山那更是近乎痴人说梦。

如此窘境下，溥仪坐卧不宁，寝食难安。而此刻，只有淑妃文绣在
精神上安慰、支持他，为了不让溥仪为家事生出更多的烦恼，文绣主动
低声下气地向婉容言和，并甘心在后者面前自责自辱，请求婉容与她并
肩像真正的一家人那样，在大难面前同心同德，以协助皇帝平安共度患难。
迫于眼下的境况和文绣的真诚，婉容只得暂时收敛了一些。在极度的精
神重创和困顿下的溥仪，意外地发现：皇后和淑妃竟然冰释前嫌，如同
姐妹般地都温柔和善地围绕在自己身边，这种类同于平常百姓家的和睦，
让心力交瘁的溥仪获取了些许的安宁。为此，溥仪感叹道："塞翁失马，
焉知非福？此生能得如此两位爱侣，我溥仪又怎能自甘降格，一蹶不振
呢？"溥仪从此又雄心再起，与陈宝琛，郑孝胥及其一帮遗老遗少们，
在外籍老师庄士敦等人的协同筹划下，先换住在日本驻京的使馆当中，
后又几经辗转，于1925年2月24日"龙抬头"这天，由天津日本总领
事馆人员、警察署长和便衣特务的护送，从北京前门车站化装逃到天津，
住在了清末时期湖北提督张彪的私邸张园。张园设施先进齐全，在溥仪
到来之前的1924年12月4日，在段祺瑞等人的安排下，因"北京政变"
而从日本乘轮船抵达天津的孙中山先生与夫人宋庆龄也曾在张园下榻。
此番为了迎接溥仪入住，张彪又重新购买了许多的日常用品和欧式家具。
溥仪此番的举动，虽然遭到了其父载沣的竭力反对，可是，此刻的溥仪，
已经听不进任何劝告了。

文绣和婉容也各领近身侍仆被日本人接到了天津。在张园住了一段
时间后，文绣觉察到溥仪在生活方式上，自从脱离紫禁城的束缚后，更
倾向于西化，那身代表着身份和地位的龙袍穿的次数已经很少了，而改
穿长衫和西装，并且，似乎对装有暖气的张园比相对落后的养心殿满意
多了。虽然没有了雕梁画栋，没有了琉璃瓦的映衬，但这一切并不影响
一些遗老、遗少及拥护皇帝的武人们衷心的叩拜，在他们的心目中，溥

仪仍然是真龙天子。另外，文绣又发现自从逃出北京后，溥仪与日本人
来往不断，这种迹象让她产生了诸多联想。要知道，文绣的祖父就是因
日本侵华而被活活气死的，再加上她后来特别了解过历史，知道日本人
虽然从盛唐时期就开始吸收和学习汉人的文化，但与中国多有积怨，如
明朝时期日本人就屡屡侵犯中国，日本实际上一直对中国怀有狼子野心，
中日甲午战争就是这种野心的最强烈反映。文绣心想：既然皇帝仍以大
清国君自居，却与这样的世仇之国相交，必然会引来诸多非议，有损自
身的名誉。

张园是一栋两层结构的洋楼，空间还是比较宽敞的。文绣自从随溥
仪和婉容住到这里后，平时若没什么重大活动，夫妻三人很少能全部聚
到一起。正是因为心中不安，这一天，文绣趁溥仪和婉容在餐厅饭后共
进甜点时，特意穿了一件改良后的宝蓝色丝绒旗袍，自行前往餐厅与他
们二人相见。溥仪已是有些日子没见着淑妃了，这会儿在餐厅里摇曳的
烛光下，突然发现如今的淑妃似与长春宫时的形象已有不同。他在惊艳
之余，涌起了从前的温情，便自然地放下手中的银质刀叉，爱意浓浓地
询问道："爱妃好些时日不见了，今日怎突然想起朕来？是因为对朕有不
满的地方，才不愿前来相见吗？"

"多日不曾与皇上相见，臣妾心中也很思念，所以，今日才无诏前来。"
文绣想再说些什么，这时，一旁的婉容轻轻咳嗽了一声，发话道："淑妃
这是在怪本宫没有善待你，还是在埋怨皇上冷落了你呀？"见文绣不语，
婉容又哼了一声说道："那时在王府里时，你是怎样求本宫的？说要共
患难，共渡难关，眼下皇上才侥幸逃到这小小的张园安身几日，你就来
诉委屈了？"婉容的话透着冷漠和讥讽，文绣听了，觉得有无限的凉意，
她也一下子不知道再说些什么才好。

皇后婉容这段时间天天与皇上恩爱地同进同出，在天津的各大热闹

繁华场所逛逛这看看那，心情本来应该是很好的，那气色也不应该差到哪里去。可现在，虽是满身珠光宝气，却掩饰不住双眼的空洞和落寞。

"好了，皇后你且先退下吧，我和淑妃说几句话。"溥仪有点儿不快地说道。

"皇上，淑妃她……"婉容还想说话。

"够了，你先退下吧。"溥仪已经显出了明显的不耐烦。

"淑妃有什么事，先坐下来再说吧。"没等气愤的婉容完全离开，溥仪便温柔地对文绣说道。

"皇后是跋扈了些，但我们刚到这里不久，很多东西需要了解、协调，各方又有很多双眼睛在盯着朕，不能因为后宫不宁让外人看朕的笑话，所以，淑妃你还要……"溥仪没把话说完，眼睛望向文绣。

"臣妾明白，皇后其实也是为皇上在着想。"文绣柔和的回应道。

"你今日前来与朕相见，是因为有事，还是真的因为思念。"溥仪显然有点动情。

"皇上是臣妾的夫君，臣妾前来不是应该的吗？"文绣雪白的脸有些微微泛红。

"今日朕只陪爱妃坐坐。"溥仪像是很害怕文绣接下来会再说什么，忙用食指轻按住她的嘴唇并安慰着。夫妻二人便默契地坐了会儿，又同时起身向餐厅外走去。花园里月光如水，花香飘浮，临水处的草丛边上一阵哗哗的声响，隐约间是两只鸳鸯在戏水。那是夫妻最好的状态。

"爱妃，朕想起来还有一件重要的事情要处理，要不，你且先行回去歇息，待朕忙过之后，再来与你相会如何？"溥仪突然间像记起什么重要事情来了，仓猝地扔下这句话后，就急忙转身离开了。

"皇上，臣妾其实是有要事来禀告的……"文绣这才如梦方醒，急急地冲着溥仪离开的背影喊道。

"来日再议吧！"溥仪远远地朝她挥了挥手，就消失在花园尽头了。

"好不容易得来的机会，就这样没了，我这是在想什么呢？"文绣懊恼地自责着说，"要是再迟些日子，皇上真的上了日本人的贼船，那日后他就有可能做出丧失国格和民族尊严的事情。"望着仍在水面上嬉戏的两只鸳鸯,此刻她才真的明白了只羡鸳鸯不羡仙的含义了。为什么同为夫妻，却如此有别，不能同心同德？她惆怅而苦涩地想到。

后来，文绣又多次寻找机会规劝溥仪，让他不要被日本人迷惑而引狼入室，并希望溥仪拒绝和阻止日本人的任何假意帮助，以免上当而后悔莫及。

"后宫不得干政！"说得多了，溥仪终于厌烦地对她吼道。

"你那小妃子仗着喝过几口墨水，干政又不是头一回了。"婉容幸灾乐祸地说道。

"你也不要多言！"

"哼，要不是上次皇上对她花前月下的恩宠过了头，她哪来的胆子敢数次胡说八道，冒犯龙颜。"婉容的言语间酸劲十足。她还对上次餐厅中溥仪对文绣的祖护耿耿于怀。更让她心气难消的是，据下人传言，那晚上皇上还无比亲昵地拥着淑妃，在花园子里相处了很长的时间。黑灯瞎火的，谁知道那小狐媚子是怎样跟皇上灌迷魂汤的。事后，婉容不止一次地在心中这样苦闷的想到。要知道，溥仪虽然经常只带她一人出席各种活动，或者出游闲逛，但也只有她自己清楚，皇上这一切不过是在演戏给别人看。我哪里不好，皇上每次到房间门口就借故离开，肯定是想法子偷偷地去找文绣了。婉容心里也是忧伤一片。她一贯自视容颜佳美，又仗着戴了皇后的桂冠，对文绣向来都是表现得不屑一顾，但在她心里，最忌恨的人恰恰也是这个小小的淑妃了。婉容的生活讲究奢华，溥仪几乎从钱财上满足了她的一切。不管怎么说，皇后打扮得霞光珠颜，带出去总是得体自豪的，是好事情。可婉容生活的唯一精彩之处，也就是那些万人瞩目可转瞬即逝的片段，其余大多数时间，她的生活是孤寂清冷的，也并不见得比文绣好多少。她见过弟弟和妹妹与爱人相处的情景，那夫妻间情不自禁流露出的温存，那举手投足中的默契，都是自己和溥仪从未有过的。更可怕的是，她却从文绣和溥仪每每欲语不言的沉默中，觉察出了一种默默无言的交流。

她到底有什么本事总让皇上的情绪波动？婉容越往细处想，心中就越发焦灼。她也正当妙龄，求而不得的爱让她的每一寸肌肤都迫切需要爱人的滋养，这是华服和美食所不能替代的。她那高级定制的纯白牛皮鞋，随着脚步的来回，摩挲着她敏感的神经，手中晃动着的琉璃酒盏，里面残剩的一点法国红酒，那浪漫的血红色，又让她想象溥仪和文绣在花园子里的亲昵默契，于是，妒火和欲火轮番地将她焚烧。"谁来解救我！"婉容无声地呐喊道，"皇上，臣妾也是你的女人哪！"

而此刻的文绣，其实更不好过。皇上与自己总是意见相左，根本谈不到一块儿去，夫妻之间的情感其实已经在走向绝境了，这点，文绣深深地知道。为此，她也曾不无伤感地想：若是有一天真的被迫离开皇上，就干脆找处宅子隐居起来，过简单朴素的生活，那该多好……"不管文绣的内心怎样纠结和设想，事实上，此时的溥仪已借助日本人的势力，开始在天津卫这个鱼龙混杂的大码头寻觅一席之地。

转眼四年过去了，张园的主人张彪也已去世。因为家道开始没落，张彪的儿子便想找溥仪索要借住张园的租费，溥仪认为这样有损自己的颜面，便要求时任内务大臣的皇后之父荣源帮自己另寻他处。文绣便又于1929年随溥仪和婉容迁居乾园。夫妻三人几经折腾，生活总体上依然是富足的。要不是在迁居之前发生了一件令溥仪和整个皇族的神经、血脉都沸腾的事，或许从小就被灌输帝王之术和儒家思想的末代皇帝，也绝不会真的那么快就与日本人妥协和合作，靠出卖民族尊严这种被世人所不齿的行事来谋取复辟。

但人生没有假设，尽管谁都不应该以任何借口损害国家民族的利益。

事情是这样的：1928年8月13日，南京《中央日报》报道了1928年7月前后，国民革命军第六军团第十二军军长孙殿英以军事演习为借口，对清东陵中的乾隆皇帝和慈禧太后的陵寝进行盗掘的事件。这件轰动全国的丑闻传到溥仪的耳中，溥仪当时号啕大哭，他发誓不报此仇不配做爱新觉罗氏的子孙。再后来，他为了不忘此志，便将新居——位于鞍山道70号的住所乾园改名为"静园"，寓意"静以养吾浩然之气"，静待时变，为将来复仇作准备。

溥仪大悲过后，又通电当时的南京国民政府掌权人蒋介石和平津卫戍司令阎锡山，要求严惩孙殿英及其同伙，并要求当局能修复被盗挖的陵墓。可最终，南京国民政府对待此事是雷声大雨点小，最终竟不了了之。溥仪在震惊和羞愧之余，将复辟大清和为家族复仇的想法推向了另一个极端。这也为他后来沦为背叛民族国家的历史罪人埋下了导火线，从此，溥仪对日本人的幻想和依赖进一步加深。

溥仪在极度刺激下的精神剧变，文绣看在眼里，她既万分焦急又非常难过。

话说回来，刚到天津的几年里，溥仪和婉容常常出双入对，玩遍各繁华的场所，这一切对于文绣而言都无关紧要。因为她明白，虽然自己仍受到婉容的排挤，但自从经历了先前那段患难与共的逃命时期后，自己跟婉容之间还是在内心深处有了一丝丝同为家人的感情，现今两人之间的敌视大多是出于女人对于爱情的独占欲。有时文绣实在觉得委屈时就想：婉容也许是从未放下过当年选妃时"皇后"名位更换的那件事情吧。既然这样，那就随她怎么想好了。也许她是太骄傲了，根本从心里就不服我，觉得输给了我这长得不比她美、家世也没她好的人，心里很沮丧，甚至怪皇上居然亲选我为皇后，可这点所谓的名位对于我来说，不过是过眼云烟而已。

有时候，文绣还曾通达地想：婉容其实也是极其不易的，她若不处处压我一头，又何来她身为正宫的体面呢，我索性还是让她几分好了。在冷清孤独中，文绣还时常设身处地为一个憎恨自己的女人这样开脱着。

事实上，不管她如何大度和善良，同住一处的夫妻却很难得相见，就别指望能说上几句话了。她与溥仪之间，淡泊得如同共居的陌生人，这种尴尬虽然让她沮丧和灰心，但她还是期望自己能够在溥仪最痛苦和消沉的时候，带给他一份默默的支持和宽慰。

第二十一章 妃后纷争

时光在飞逝，溥仪在某些近臣的推波助澜下，与日本人走得更近了。望着走向深渊的丈夫的背影，文绣的内心日夜经受着煎熬。

文绣觉得不管是从民族大义，还是从为溥仪本身出发，自己都不该再听之任之地等待下去，因此，她先是分别找到陈宝琛和溥仪的父亲载沣商量，在得知此二人均不支持溥仪真正投靠日本人的想法后，她将目光投向了郑孝胥，希望能阻止他一味地煽动溥仪投向日本人的怀抱。但那时，让这位后来大名鼎鼎的汉奸，在日本人的支持下，已经开始变得毫无顾忌了。此时，还有另一个人在溥仪在对待日本人的态度上，起着重要作用，那就是张景惠。

对于平常以雅士自居的郑孝胥，文绣虽然对他的所谓才学有所见闻，但因其人格操守上的表里不一，却让文绣极端反感，她认为其人实质上就是一个利益之徒，毫无操守的政客。但她也知道，此人长期以来，为了取得溥仪更多的信任和依赖，常常对皇后婉容表现得言听计从。于是，文绣便又再一次将个人恩怨抛到一边，诚意地主动地向皇后求和，并期望伺机劝说婉容，让她请溥仪要时刻注意身边的那些小人。

文绣对婉容俯身相求，情之切切地说："皇后，皇帝乃你我二人的依靠，如今皇上被小人唆使，眼见着与日本人越走越近，恐怕日后将会受世人指责唾弃，有辱列祖列宗的圣名和国体的清白。"

　　而婉容对此却是一副事不关己的样子，她一边漫不经心地弹着眼前的钢琴，一边趾高气扬地对跪拜在脚边上的文绣道："淑妃既是这般通晓情理大义，一直反对皇上借助外力复辟我大清，那你也应该知道，皇上其实已经是位离了宫的逊帝，今日今时虽说仍是尊贵非常，但毕竟是成了这民国的国民，你还真以为这租界里的静园是紫禁城中的长春宫，皇上还真能够翻出多大的风浪，影响所谓的国体和民族大义？更别说，你又有何颜面在此和本宫大谈共侍一夫的处事道理？"

　　文绣听着，正想再作一番陈词，话还未来得及出口，只听婉容又语调尖刻地挖苦道："是不是你近几年来受了些冷待，心中大有不甘，故而今日又要借故袖藏些什么东西，来博个刚烈进谏的美名，希望得到皇上的再度垂爱？"末了，婉容逼视着文绣说道："你居然也有心生怨恨的一天，想当初本宫初进宫时，你跟皇上情浓如火的那副得意样，眼里可曾有过我这皇后？"

　　"皇后，望您将对文绣的个人恩怨暂放一边，眼下最要紧的是皇帝的前程和安危……"

　　"皇上是本宫的，他的身家也好，性命也罢，毋须你一个小妃子来担心。"婉容不想跟文绣继续谈下去了。

　　"皇后，只要你愿意劝阻皇上不再跟日本人勾搭，文绣以一死来平复你心中的怒火也并非不可以！"文绣哀求道。

　　"滚！本宫为何要如你所愿，杀了你不但要承担罪名，还要被皇上怪责，你居然无耻到想出这样的奸计来陷害本宫！"婉容勃然大怒道。

　　"皇后多虑了，皇上对文绣早已断了恩情。"文绣心酸地辩解着。

　　"你这贱人，本宫再也不想见到你！"看着文绣凄凉的神情，婉容心中一阵莫名的痛快，大喊道："来人，将淑妃请出去！"

为什么皇上明明就在身边，自己也感受不到心与心的碰撞，为什么看似对文绣已然绝情，却只要听到关于她的任何言词，皇帝就会不自觉地失神？婉容心烦意乱地蹬着一双时髦的高跟皮鞋，顺着旋转的楼梯飞快地上到二楼，她就想在最快的时间内看到溥仪，可那种近在眼前却远在天边的感觉还是无止尽地折磨着她。以为只有你淑妃在担心皇帝，我婉容心中的愁苦也不少，我也在日夜为他的前程而担心。婉容是决不会让文绣这个情敌看出自己的软弱的。

楼下的文绣对于此际之辱似乎早有准备，这次遭遇在她看来，算不得什么了不得的事情，在房中稍事歇息后，她还是没有打算放弃的念头。随后，文绣再一次来到二楼婉容的卧房，平和地说道："皇后，放眼今天的形势，你我其实都明白，皇上和我们能在这乱世中性命尚存，已是不幸中的万幸，但若皇上再有半点差池，先不提我们与他多年的夫妻情分，就只说你我二人，也将会在这乱世中生不如死。再假若他日皇上真的干出什么有损民族大义、对不起列祖列宗的事情来，那么你我二人也会随之臭名昭著，而终将死无葬身之地。"

"大胆！你竟敢信口雌黄，如此公然诅咒帝后，眼中还有没有王法了？看我让皇上怎么收拾你！"这个时候，婉容并没忘记隔壁是溥仪的寝房所在，于是，她压低着嗓子用十足的皇后口吻，威严地训斥着文绣道，"你这小妃子看来今日是做足了准备来的，那好，本宫今天就干脆给足你时间，让你有什么就痛快地讲出来！"

"郑孝胥和张景惠都对皇后您向来敬重，但不知皇后是否发觉，此二人在深得皇上和皇后信任的同时，和日本人走得极为亲近，文绣是担心他们误导皇上，引狼入室坏了国家根本，让皇上将来稀里糊涂的就做了历史的罪人。"文绣望着婉容，坦荡而坚决地接着讲道，"是非曲直，请皇后细细思量，文绣今日言尽至此。日后，你与我也就各自珍重吧！"

说罢，文绣再不顾身后婉容是何等反应，转身就离开了。

几天后，文绣回想起婉容的情态和话语，还是不能安心，一连数日又是整夜地失眠，再加上食不知味，终于忧思成疾。当铃儿将文绣的病情告知溥仪时，正在陪婉容进晚餐的他只是冷冷地回答道："朕百事烦心，哪有时间去管谁吃不吃饭的小事。"说完，只将手中抹嘴的餐巾随手甩到桌子上，掉头就走了。铃儿哪忍心将这样的事如实告诉自己那可怜的主子呢？但文绣从她哭红的双眼猜出了七八分，这个倔强的女子于是不再作声，可心中暗雷涌动。

当晚，静园再次陷入深深的黑暗重围中时，文绣强撑起身子，含泪挥笔，写道：

寡 恩

世间多少欢乐事，荣华富贵是尘土轻云，欢喜不尽，变幻不明今夜榻上传哀声。岂贪君心似我心，吾等相亲爱已尽。

此后，又过了些时日，文绣经过自我调整，身体慢慢好了起来，便在铃儿和太监徐长庆的陪同下，出房门到屋外呼吸一些新鲜空气，却见到了匆匆而来又匆匆而去的川岛芳子。这位着装行事都不男不女的川岛芳子又名爱新觉罗·显玗，虽是位前清的格格，却是远支皇族。论身份，在过去的大清若无"圣旨传召"，她是没有资格如此随意地踏进皇帝的寝宫的，更何况她还是成长于日本人的家庭中。然而，现如今她竟然陪同日本最有名的"中国通"土肥原贤二到访了静园。事后，文绣预感到溥仪似乎在与日本人密谋着什么不为人知的大事，她再也顾不得会不会受到责罚，想尽办法找到了一个能和溥仪说上话的机会，趁着溥仪刚刚出

丁酉春朝珠

游回来，文绣悄悄来到小客厅，向溥仪问安并说道："皇上这一向可好，长久以来专于政务太辛苦了，要善保龙体。"

溥仪眼皮也不抬一下，仅仅不咸不淡地应付着说："爱妃近日身体可也好些了，朕事多心烦有顾不上的，爱妃不要多心。"

"想当初，皇上待文绣也是关怀备至，温存有加，文绣不知为何皇上忍心将我遗弃在角落里多年。皇上真不知文绣也无时不在挂念你吗？"文绣热切地回应道。

溥仪背对着文绣，谁也不知道此刻他在想什么。但在一阵静默后，显然，他很有些艰难且带着些愧疚缓缓地转过身来，只可惜从他嘴里说出的话还是冷冰冰的，让文绣感受不到任何爱的温度，溥仪很程式化地说道："淑妃今日是有何要事要向朕诉说吗？"

文绣见溥仪这样的神情后，刚刚蹿起的希望又潜回了心底，她只好将私情暂放一旁，委婉谨慎地劝说道："皇上，今日文绣虽有冒犯的可能，但有些话真的不能不说，皇上是臣妾的君王也是臣妾的丈夫，近年来，眼见着您连番遭难，命运由不得自己做主，文绣虽痛彻肺腑，却不能分担丝毫。纵然是你我夫妻情意疏淡些，文绣也并无多少怪责。"文绣还是忍耐不住将自己的一腔真情和哀伤不知不觉地倾诉了出来。

"是朕不好。"溥仪走到文绣身前，轻轻拍了一下她的肩膀，稍微宽慰道："爱妃也受了些委屈。"

这突如其来的真情流露，让文绣恍若回到从前，回到了长春宫中的一幕幕美好的过往中，她多想此刻就此永恒。

"爱妃今日就只是为了要和朕说这些吗？"

"不，臣妾还有要事。"文绣在对过去的怀念中醒过神来说道，"皇上的万般艰难，文绣都看在眼里，只是有一点文绣实在忧虑：日本人狼子野心，皇上与他们过于亲近，恐怕日后若稍有不慎，本国人民会对皇上产生偏见，甚至让皇上留下个骂名，那就……"正待文绣还想再说点什么，溥仪已断然大喝道："住嘴！胆敢如此无礼，你快回去吧！"

文绣只好饱含热泪，羞愤地奔逃了出去。这一幕恰好被门外的婉容撞见，婉容窃喜之外，又寻个空当羞辱文绣道："哟！小妃子长进了，这又是在哪学上了主动勾引皇上的把戏，你这好歹也是个皇妃的身份，岂不让人知道了笑话，再说皇上日理万机，哪有闲心正眼瞧你？"面对如此挑衅，文绣无心理会，此刻她的内心已经伤心欲绝了。

日子总还是要继续的，文绣在屋里实在闷得久了，又没有出游的机会和自由，在静园这一方小小的庭院里，她感觉到自己简直是度日如年。

有一天，适逢婉容外出了，文绣支开了铃儿等人，想独自在正门前的回廊处长椅上坐一会儿。多日未曾见她的微风欢喜地赶来了，一阵吹拂，廊檐边上新开的紫藤花瓣轻轻摇摆起来，文绣忍不住想起了儿时自家后院里的那株紫藤，那时，和大姐、小妹在一起玩耍的场景，历历在目，那是多么幸福快乐的日子。这些芳香可人的精灵，像是也感知了她此刻的心情，便轻盈地飞扬着，不时触碰着文绣的额头，在她的唇畔旋转。文绣瞬时被眼前的这一切所感染，忧郁暂时从她的心中褪去，她的心仿佛透进了一道七彩的光，明亮而鲜活了起来。是啊！她还是一个年轻的、对这个世界充满了热爱的女子。这样的一个女子，难道不该有展颜悦己的时刻吗？她暂时忘了自己是个被君王遗弃的妃子，忘了在这静园中已容不下她的美和她的爱。这个女子舒展开她紧锁的眉头，与她新交的好友花儿伴随着轻风的韵律嬉戏。她时而陶醉在花的芳香中，时而让秀发在微风的吹拂下与其纠缠，白衣飘飘，裙裾飞扬。唉！这个时候要是那管长情在手就好啦！文绣半眯着双眼幸福地暗想着。

"哟！本宫这才出去多大会儿，你就在这搔首弄姿，想摆给谁看呢？"

"啊，不是的……"文绣被从大门外突然传来的说话声吓了一跳，从沉迷中本能回应道，仓促间被唇畔的花粉呛了一下，她连忙拍着自己的胸口，喘了一声，咳了一下，才缓过气来。

"大胆小妃子，竟敢公然拿唾沫吐我。"已经走到文绣跟前的婉容怒目圆睁地高声喊道，"你这是存心地跟我作对，看皇上知道了你还怎么神气？"

"皇后你误会了，我刚才是被花粉呛了一下。"文绣手中拈着一瓣残花，辩解道："皇后你瞧瞧……"

"你休要胡扯，刚才你分明就是见到我从门外进来，有意吐口水折辱我的。"婉容一脸愤怒的样子，提着裙摆转身飞快地向楼内哭喊道："皇上，你要为臣妾做主啊，你那小妃子要翻天了，光天化日之下就敢捉弄我。"婉容哭哭啼啼地到溥仪跟前告状，伤心地说："要是皇上不给臣妾做主，臣妾就死了算了。"

溥仪皱皱眉头，有些不大自然地与几个议事的遗臣埋怨道："唉！朕无一时安宁。"然后又说，"身为皇后，你哪有母仪天下的样子，世人若知道你今日这样无状，岂不笑朕一后一妃都管不了，又谈何光复祖宗的基业？"几位臣子眼见溥仪被家事所烦，便都很知趣地安慰了一番后，退了出去。

"皇上偏心，你那小妃子目中无人却不罚，反而还在群臣面前斥责臣妾，公道何在？"婉容面对脸色铁青的溥仪，她又想起从前他与文绣的恩爱时光，于是，心中的妒火又猛烈地燃烧了起来，恨，让她不甘示弱地挑衅道："既然皇上心里放不下那个小妃子，那不如把臣妾废了，再和她续上前缘，双宿双栖。"

"你这是无中生有，文绣处处谦让着你，你却还是不放过她。"溥仪十分恼怒，不假思索地为文绣分辩道。

"那好，既然臣妾百般不是，那还不如死了，遂了皇上和那贱人的心愿。"婉容说着就往墙角上撞去。溥仪一把拉住她，然后推到一边，暴喝道："朕这个逊帝每日像是在油锅里煎熬着一样，与豺狼虎豹周旋，你这堂堂的皇后竟然心胸狭窄，容不下一个淑妃，朕就算即刻废了你，也并非不可以！"

"皇上，万万不可，还请饶了皇后这回吧。"闻讯赶来的郑孝胥从门外说着走了进来，劝解着说，"皇上息怒，此际正是图谋大业的关键时期，切不可因为后宫的事情破坏了来之不易的机会啊！"

"皇上容不下臣妾，臣妾何必在这静园碍眼。"婉容见郑孝胥似乎说中了溥仪的要害，便心中一喜，有恃无恐地越发撒泼，不依不饶再作寻死状。溥仪好像确实有大事在前，不想被这家事阻碍，只得攥着拳头狠了狠心高喊道："淑妃冒犯皇后，该以大不敬论处，即日起将其关入后楼暗房，除近仆铃儿之外，任何人未经准许不得探视。"

"皇上——"文绣凄楚地喊叫着。她无处说理，在暗房中流尽了伤心泪，木然地蜷缩在一堆乱草中，想想所受的屈辱，她是真的不想再活下去了。绝食是最好的办法，不管铃儿怎样相劝，都无济于事。这样一来，没过几日，静园里外都在私下里议论淑妃将死的传言。同时，上上下下也都能看出来皇上在为淑妃的绝食担心焦急。可是，溥仪为了自己所谓的金口玉言，并没有因此而明确地改变旨意，铃儿和徐长庆相商后，有意将淑妃遭禁暗室的事情透露给外界，引起了当时天津各大媒体的关注，溥仪在各方舆论的指责和压力下，只得将文绣从暗室放出来，奄奄一息的文绣这才挺过了这一关。

第二十二章 畸形婚姻

　　文绣在暗室里的那些日子，她多么希望曾经相知相爱的皇上能去看自己一眼，聪慧如她，也一再难逃多情总被无情欺的伤害。都说人生如戏，戏如人生，谁又能猜得到明天将会拥有或失去什么呢？她的伤，她的泪，她的屈辱因这场拿命相拼的劝谏而变得触目惊心起来，静园对于她来说成了真正意义上的牢笼。

　　但岁月是人的试金石，磨难压不垮一个性情刚毅的人，反而会让优秀的人因而爆发出惊人的能量，越发闪光。也许是从这个时候开始，文绣有了想冲破一切、改变命运的想法。但她的这个牢笼岂是寻常牢笼可比？几千年的封建思想，男尊女卑的常态，就连普通百姓家庭中也是丈夫是天妻子是奴，男人喜新厌旧也好，三妻四妾也好，朝秦暮楚也罢，女人也只能打碎牙和血吞，何况她所处的还是在代表着封建思想最集中的帝王之家？尽管溥仪是逊帝，那又怎样？事实上，为了彰显这一逊帝的特殊身份，他才在婚姻中愈发将帝王特权和那如影随形的男权意识更醒目地凸显出来。在她这位淑妃之前，只听说皇帝的后宫女人们为了争宠而如何的明争暗斗，用青春换来了些人前显贵就算不枉此一生，更有甚者还希望能换个青史留名，但终究摆脱不了依靠姿色取悦皇权，机关算尽却一场凄凉的下场。而争斗失败者，其命运之悲惨更是可想而知。

但文绣为了什么呢？她面对皇后婉容的百般刁难均不争不夺，若她想夺，她本就是溥仪首选的嫡妻皇后，虽然被屈降为皇妃，但在最初的恩宠之下，她完全有机会以帝王深爱的资本和过人的智慧再夺后位。她没有，因为她至情至性，也因为她根本不屑于这样去做。她只想以少女的纯情相守知心的人。但在九年的时光里，白首不相离的初衷对于她已变成了昨夜星辰遥不可及。如梦方醒后，她这颗蒙尘明珠将一鸣惊人，为世间无数女子的苦难历程谱写了不一样的前程，为几千年封建思想压制下的女性的悲哀打响翻身的前奏。自她之后，中华女子与男人才真正地唱响了平等的曲调，自她之后，传统婚姻才注入了更多的精神内涵。

无论富贵还是贫贱，任何人均拥有平等、自由和尊严。"人是自由的物种，放飞自由、追寻自由是生命的核心。"

末代皇妃文绣的传奇人生即将进入另一个新的里程。

文绣被关暗室里时，试图绝食自杀的事件轰动全国，被释放出来之后，她的小妹妹文姗便被溥仪当作额外的弥补，特例恩准到静园探视姐姐。大辱之后，胞妹的到来给文绣带来了极大的精神安慰。溥仪见她有所恢复，就慢慢放宽了文姗的探视间隔期。为了让姐姐能更开心一些，文姗还带来了另一位思想新潮的女子，这名女子也颇有来头，据说是当时很有头脸的人物冯国璋的儿媳妇，名叫玉芬。也有另一种说法是，这玉芬本就是文姗和文绣二人的远房表亲，但这无从考证。总之，这并不影响这位见多识广的女子给文绣的生活带来了新鲜的热力，她们很快成了无话不谈的好朋友。在大概了解了文绣多年的婚姻生活后，作为过来人，玉芬以女人特有的细腻捕捉到了一些这位失宠皇妃的婚姻生活中某些难言之隐，她十分震惊。于是，在一个合适的时机，玉芬先借故支开文姗，然后体贴地帮文绣分析着说道："淑妃妹妹，您为妃九载，皇上又正当盛年，若非他只钟情于皇后一人，那便是心中从未真正有过淑妃您的存在。"

"但我久闻淑妃您刚入长春宫的日子里，可是宠冠后宫，与皇上琴瑟和谐啊，难道……"看着文绣脸色绯红的样子，玉芬欲言又止地说道："照这样看来，皇上是独宠皇后一人了，若如此也不对啊，既然皇后集万千宠爱在一身，又何必处处为难、容不下你这仅有的一个淑妃呢？"她接着说，"还是不对，即便是专宠皇后，那为何皇上至今皇子皇女一个也没有呢？"

"不管如何，如花似玉的年龄，怎堪受这样没情没爱的活法。"文绣听完玉芬这样义愤填膺的分析后，便拿书遮脸羞赧地轻轻回答道："你就别在这种事情上面多想了，反正这静园里的锦衣华服也好，这段帝王姻缘也罢，于我额尔德特·文绣而言都只是牢笼而已。"

"可我的淑妃娘娘，您说来轻巧，您不看重的这些，可是自古以来多少女人梦寐以求的呀？"玉芬由衷地叹息着说道。

"我文绣才不稀罕，当初从后位退居妃位我都不在意，更遑论别的什么了，我要的只是一份真心的感情和安定的生活罢了。"文绣搁下了手中的书本，用手托着腮帮，似乎沉浸在对往昔的回忆中。

"唉，我玉芬自问也是有些见识的人，但虽说如今是民国了，皇上也成了逊帝，可皇妃的命运好像自古以来都是掌握在皇帝丈夫的手中，淑妃您如之奈何？"

"我就不信这铁打的牢笼真的捅不破！"文绣这句掷地有声的回答吓得玉芬两步冲上前就拿帕子捂住了她的嘴，哈着腰紧张地说道："得罪了娘娘，这种话也就只能在私下里讲讲了，被他人听到，您还不知要遭什么罪呢？"她说完才放心地拿开手，又连声致歉。但文绣却被她刚才的动作逗得哈哈大笑起来。

"说着玩就好。"玉芬看文绣这个样子，才放下心来。

"我没有开玩笑，这是我的真实想法。"文绣正色说道，"皇妃也是人，是人就该过人的生活，再说，做个平头百姓有什么不好？"

"天哪！淑妃娘娘呀，玉芬真是该死，引着您讲出这些大不敬的话，您可能不知外面的世道，如今到处战乱，日本人又对我国虎视眈眈，人们大多处在水深火热之中，您这里虽说跟皇上是置了点气，可与那些流离失所、饥寒交迫的人相比，那简直是天上人间啊！"玉芬实实在在地劝慰着，同时也在心里觉得很不屑，心想：你一个皇妃，过惯了尊贵的日子，受了天大的气也只能是过个嘴瘾，说两句狠话解解气罢了，难不成还真能怎么着？

"怎么了，把我支开了，敢情您二位是在说什么悄悄话？"正在玉芬思绪万千的时候，文姗含笑进来了，半真半假似怒非怒地抱怨着。"哪有这个理儿，丢下亲妹子，把紧要的事说给一个门外的人听。"文姗假装不依，故作嗔怒地拉着文绣的衣角，指着玉芬嘟囔个没完。

"多年来，皇上从没与淑妃真正亲近过。"玉芬也不含糊，索性以假当真说出了此前谈话中的根本内容。

文姗一时迷惑了，但眼见玉芬认真的样子和姐姐文绣的沉默，她赶紧下意识地追问道："姐姐，刚才玉芬说的是真的吗？"

"你真是个直肠子。"文绣埋怨了玉芬一句，接着又对妹妹淡然地说道，"是的，不过，此事不可声张，现如今对我而言一切都不再重要，姐姐已另有打算。"

"淑妃，您……"玉芬闻声焦急地想说些什么。

文绣却抢先发话，冷静地指派文姗道："小妹，下次再来时，给我带些民国的相关法律文书和报纸刊物，姐姐有用。"然后又起身走到玉芬跟前，诚恳地说道："文绣的生活你已都看在眼里，为今之计，我想为自己一搏，为我们女人一搏，他日若有相求，还望玉芬姐你能鼎力相助！"

玉芬便没再多言，只回以恳切的允诺，便拽着还没有摸出个头绪来的文姗，暂时告辞离开了静园。

独自一人时，文绣再次陷入了深思。九年来，她从天真烂漫的青春少女到如今心力交瘁的深宫怨妇，期间好像拥有过世间极致的荣宠，也经历了寻常人无法想象的孤寂和感伤。此时此刻，这位末代皇妃到底经历着怎样的内心动荡和煎熬，绝非寻常人可以领会。

其实，一切说起来也没那么复杂，文绣的深情，不过是一个妻子对丈夫的小女人般的期待，只可惜，她这些心思寄予得太多，也就失望得太多。而除了夫妻之情外，作为一个睿智的女性，在事关家国和民族大义的紧要事件上，她也一再为溥仪权衡利弊，希望他对事物给予应有的公正性评判，只可惜这一切也沦为泡影。然而，她依然是那个勇敢的女子，依然保有她在童年时就展露过的那些品质。一个人的天性和品质，怎会因为时光的侵蚀而轻易地被消磨呢？如今，她心中爱的火苗即将熄灭，夫妻之间已经形同陌路了。

一切都预示着她的这场传统的帝制婚姻完全没有了任何存在的意义，身陷其中的女人只能是最终的受害者。

文绣决定不再隐忍，要发出自己的声息。复杂的人生境遇虽带给她诸多不易，但新旧思想交替的时代，恰好也在一定程度上成全着她。于是，她要在绝望的求索后给自己开启一段新的人生，要给新时代一个从未有过的礼物——她要做第一个也是最后一个主动挣脱千年后宫悲剧的女子！

是的，她要以新女性的姿态来抗击封建婚姻——她要休了皇帝！

末代

末代皇妃 文绣传

第二十三章 再次兵临城下

做皇帝是天下豪杰梦寐以求的事，然而当皇上也是天下第一最危险的职业，尤其生逢末世，希望能有一个善终那简直是世间奇事。遑论世界历史，单从一统中国的秦朝开始，秦末的二世胡亥、隋炀帝杨广、北宋的徽钦二帝、明末的崇祯……哪一个不是身死国灭，为天下人所叹惋？就更别提三国两晋、南北朝、五代十国等生逢乱世的帝王和君主了，他们的命运总与血腥和杀戮相伴，梦寐以求的不过是砍头的刀落得再迟一点罢了。

作为末代皇帝的溥仪，自幼年称帝以来，经历风浪无数，居然都能安然地挺了过来，在大清亡后这么多年，还能一息尚存，甚至还能过着相对安定的生活，不能不说是一个历史的奇迹。

在这种群雄并起，军阀混战的年月里，谁又能体会一个逊位帝王的恐惧和惊疑呢？只是这一回，他真的慌了，心更乱了。从前再大的挫败，帝王宝座的失去，世俗权力的消散，虽然也曾让他有过很多伤痛，但他还能以一些虚幻的复辟之梦来强撑着安慰自己，可如今这事完全不同了，身边的人，自己的妻子，就连她也已经开始反抗自己，星星之火悄然点燃，就像是被人从当空投中了威力无比的巨型飞弹，溥仪心中残存的那点虚幻的梦即将被彻底浇醒，这让他感到了前所未有的巨大恐惧和愤怒。

146

丁酉春朝珠

在溥仪心里，淑妃文绣原本不过是个深宫里被自己冷落的小女人，那一身柔弱纤小的骨头就算再硬，经过精神上的长期摧残和暗室里的禁闭后，只要再辅以锦衣玉食的慰藉，即便那性子是铁打的也会变得圆融软弱，接受自己赐给她的命运安排，不会再想着争取什么人格上的平等，更不会对自己的言行做出什么逾越规矩的建议甚至指责了。可是现在看来，他想错了。

一心寻求复辟大清的溥仪只想自己的女人乖乖做一件华丽的摆设，可文绣这朵活着的、美丽的、高贵的花儿根本不想心甘情愿地、盲目地崇拜簇拥着所谓的皇权尊严过完毫无意义的一生。新的时代来临了，逊帝溥仪还试图以传统的作践女子的人格来维护自己帝王尊严的办法已经走不通了，因为女人们已经觉醒并开始反抗了。

文绣心意已决，她爱时倾心，不爱时断然，决不拖泥带水，荣华富贵和所谓的皇族尊荣对她来说不过是虚名，她渴望的是真心相待的爱情，平等自立的人生，而这，是一个逊位的末代皇帝所给予不了的。在时代的助推下，文绣决定粉碎那副几千年来戴在女性身上的桎梏，她要与天一搏，与皇帝对簿公堂。触景生情下，所有感慨尽在笔端：

望月兴叹调（一）

孤月清冷
往昔之危情。
浮华退却，
无限温柔春。
念人世间悲欢离合，
恰菩提树影，

绰绰之姿，

叹糊涂平身。

望月兴叹调（二）

宫娥独奏，

欺月下之臣。

花间蝶舞，

惹迷离之心。

见不得鱼跃马腾，

乐欢喜老妇葬亲。

第二十四章 妃革命（上）

太监赵长庆人还未进静园的大门，叫喊声就传了进来。只见他连滚带爬地呼喊着："皇上，皇上，淑妃娘娘她说打今个儿起再也不回来了。"

小会议室里溥仪正在跟谋臣们秘密商谈着，被外面传来的叫嚷声惹得非常生气，他烦躁地整理了一下笔挺的黑西装，便带着侍卫长李体玉走到正门前大声喝住了太监，看到他那近乎语无伦次的癫狂状，溥仪嫌恶地喝道："来人，将这没有规矩的奴才绑起来！"应声而动的其他数名侍卫就像闪电一般直扑向了跌倒在地上的赵长庆。

"皇上，奴才该死，淑妃娘娘她不回来了，这是娘娘她让奴才给您带回来的信……"就在侍卫将要按住赵长庆的时候，他仍是面如死灰涕泪交加地呢喃着。

"慢！"溥仪以威不可挡的手势挥开了侍卫，怒目圆睁着亲自走上前，将赵长庆手里握着的一封信件拿了过来，溥仪先是将信翻转着查看了一遍，再将信将疑地抽出里面的信，也就粗略地扫了一眼，便用劲狠狠地将信揉成了一团。侍卫长看情势不对，迅即将那纸团接了过去重新展开，整理好后想再递给溥仪，哪知溥仪根本不管这些，他冲过去逼近赵长庆质问道："快说，你与淑妃是在哪里分开的？"然后又一脚踹了过去。

"国民饭店 37 号房，娘娘她……"

"啪"的一声，脸色铁青的溥仪又甩了太监一巴掌，并吩咐围立在边上的侍卫备车，又对跪在地上的赵长庆喝道："没用的东西，还不快带路，寻不回淑妃，朕会让你比死还难受！"

于是，赵长庆领着溥仪等人风风火火地赶到国民饭店，但哪里还有淑妃的踪影？原来，文绣为了逃出静园和溥仪的掌控，早已通过妹妹文姗和玉芬等可靠亲友的帮忙，在外面安排好了藏身之所。这次外出的机会也是乞求了溥仪多日才等来的。

"皇上饶命，奴才今早上奉了您的旨意陪淑妃她出来散心，主子她要走要留，我一个奴才怎能奈何得了？"看着李体玉顶在自己脑门上的枪口，被吓得汗流浃背的太监赵长庆在国民饭店门前哀求着。

"放了他吧！"听到溥仪说的这句话，赵长庆连忙磕头如捣蒜般地哭喊着："多谢皇上不杀之恩！"

"算了，他又有何罪呢？"溥仪叹了口气，同时下了一道旨意："即日起，太监赵长庆逐出行园，永不再用！"

但这惊天的事还只刚刚开了个头，文绣离开国民饭店后，虽然悄无声息地躲藏了起来，但同时，她通过同情自己的一些社会友好人士提供的帮助，聘请了律师张士俊、张绍曾以及李洪岳三人代表自己，真的将溥仪告上了法庭。

如此事件先不说当时引起了怎样的轰动，就算我们这些百来年后的人也深感惊天动地。事实上在那个年代，此等天字号新闻造成的社会反响，以及各界人士由此而汇聚成的不同言论，也的确是形成了一个让万众瞩目、津津乐道的新名词"妃革命"。

"妃革命"也让1930年公布的《中华民国民法》中的第四篇《亲属》，在如同一纸空文的尴尬下有了第一次实质性的突破。因为《亲属》篇中列出了有关婚姻家庭关系的新法规，明确作出了允许自愿离婚的规定。

第二十五章 妃革命（下）

　　民国时期，要说北京城是政治舞台的前台，那么相距不远的天津则是后台。自从1911年辛亥革命推翻了满清王朝以后，清廷的王公贵族和遗老遗少们皆携妻妾财宝躲进了天津，或安享晚年，或继续纸醉金迷。以至如今，人们游览天津时，仍能透过那些保存完好的各式庭院和各种规模的独栋府邸，想象出在那个年代这座城市的繁荣景象。在那时，聚集在此的军政各界名流中，无疑以鞍山道静园里的逊帝溥仪最为有名。听闻妃子要与皇帝离婚这等旷世奇闻，整个天津都兴奋起来，这也成了人们茶余饭后一道言之不尽的热门话题。所以，当时天津非常具有影响力的《大公报》便将之戏称为"天字号新闻"。

　　还不止于此，清末民初时天津有家最红的戏园子叫"新明大戏院"，坐落在南市荣吉大街，始建于清光绪年间，初名"下天仙"，京剧名家谭鑫培、杨小楼、梅兰芳等都曾在此登台献艺。当时，好角云集，生意兴隆，民间流传着"要看好戏到下天仙"的说法。当时有好事者提议将"妃革命"这个精彩的皇家故事，编排成为戏曲以供时人取乐，同时也谋取私利。这是文绣之前万万没想到的，于是，她又要求律师从中以侵犯个人隐私这一新鲜名词为由，不动声色地通过法律手段制止了某些人猥琐阴暗的窥私心理。

溥仪当然不想成为被告，与自己的妃子对簿公堂，他不想成为历史的笑柄。另一方面，他又非常顾忌自己与日本人已达成了的那些臭名昭著的共识，他很快将要通过土肥原贤二的计划开始实施。这个节骨眼上，容不得他与文绣继续纠缠下去。于是，形势逼迫溥仪在这场离婚大战中必须得速战速决。

虽然文绣在这之前早已观察到溥仪在思想上的变动和行事上的反常，但还并没有十分肯定他这么快就彻底被日本人所掌控，完全钻进了他们的圈套。所以，在离婚条件正式提出之后，文绣她还是出于对最初那段美好时光的回忆，提出了妥协性的条款。她希望自己能够搬回张园或另择住址远离婉容独居，她想：只要能达到自己所追寻的自由生活，又能从名誉上顾全了溥仪的颜面，互相妥协也未尝不可。然而这一切对于溥仪来讲，虽是百味杂陈，但已然是不可能了。他那仅存的一点帝王尊严就不允许他接受任何妥协性的条件。

溥仪现在也清楚地知道：曾经珍爱的女人已离他远去，一切都回不去了。

从溥仪成长的历程来看，他三岁登基称帝，从很小开始就被教育成了傲视一切的习惯。虽然热恋中的他被狂热所迷，暂时忘记了至尊的权势，可时间久了，他的思想愈发成熟了，爱也将必然走向深沉和理智。所以，当他日益感觉到一个妃子的智慧时常高于自身的事实时，他认为那是可耻的。因为这不但挑战了他九五之尊的无上威严，还时常让他为此自责若非自身的不足，祖宗的基业怎会葬送在自己手里？于是，在潜意识中，淑妃文绣的聪慧，反倒成了映照逊帝心中一种难以言说的罪过的镜子。对于溥仪而言，这也许才是文绣被冷待的真正根源，只是溥仪自己从来不愿承认罢了。

幸福的婚姻是相同的，不幸的婚姻却各有各的不同。夫妻走到这一步，其中的酸涩非亲身经历,恐怕外人难以一言道尽。这也从一定程度上说明,溥仪这末代皇帝当得有多么不易,做他的女人又是多么痛苦。

　　一阵萧瑟的北风吹来,转眼秋叶便已落尽。年复一年,所谓的复国大业仍是遥遥无期,躲进静园这一个临时的栖息地,避开所有的世人,此刻的溥仪,只是一个无助的青年男子而已。也许在他独处的很多瞬间,或路过街头的某个刹那,都曾让他暗自发出"做一个平凡的人真好"的叹息,只是这一切并不由他做主。看来,所谓生来的尊贵,也并不真的值得普通人去羡慕,所谓"欲戴王冠必承其重"。

　　溥仪遥望着天际的黑幕,闭目想象着紫禁城的夜空,不禁叹息道:"此生怕是再难回去了。"

　　皇后的妒恨和好斗又怎样安抚?为了大局,今后还是要睁着眼睛让淑妃受气来偏袒婉容吗?让世人耻笑我溥仪管不好江山,连后宫的一后一妃也摆平不了吗?溥仪在文绣的房间里踱步反复思量着,愁闷像无边的钢索一样缠绕着他。

　　虽是长年冷落文绣,同住一处却极少相见,但在难如上青天的复国大计中,他的心底总是知道有那么一个人,无论何时只要他溥仪愿意,那人便总会闪着一双满是深情的大眼睛,静静地等待着他。他万没料到,此刻自己心中竟然隐藏着如此的不舍。溥仪失魂落魄地跟跄着,徘徊于文绣的卧室中。凝望着照常铺设齐整的床榻,泪水模糊了他的眼镜镜片,他让跟随在侧的仆从出去一下,关上房门后,忍不住转身扑到床前,抱着床上的绣枕哭了起来。

　　只听他伤心欲绝地诉说道:"朕对不起你,也给不了你什么,与朕在一起只会让你今后活得更累更痛苦,也许就此分离,才是你此生幸福的开始。"

　　心情稍微平息一点后,溥仪终于站起身来,"唉,事已至此,离就离吧，也许这是对她最好的补偿。"千头万绪仍无法排解，他只能无奈地轻声说道。

这一夜，溥仪辗转反侧，通宵难眠。

第二天一早，溥仪就召集了几名亲信幕僚，商量怎么将离婚这件事情尽快了结。他首先问亲信们："文绣所呈给法庭的诉状是出自何人之手？"

"虽说臣等久闻淑妃文才了得，但她花重金所请的三位律师应该也参与了。"郑孝胥谨慎地回了话。

"找出那三个律师。"溥仪咬着牙一字一顿地说着，话音听起来让人不寒而栗。

"皇上放心，即使皇上不说，这天津卫众多忠于大清的臣子也会用心的。"张景惠与其他几人如此附和道。

"文绣的诉状所依据的虽是中华民国的民法，但不知世人可都知道这则法规的前身其实早在光绪帝三十三年（1907 年）就已经由民政部奏请制定了。"溥仪虽然铁青着脸，但不得不说其身上也散发着些学者的气息。

"皇上说得没错，当时主持修订的大臣俞廉三和刘若曾的指导思想便是注重取世界最普遍之法则，求最适合于中国民情之法则。"皇后婉容不请自来，应声说道。她自从知道文绣出走成功并冒天下之大不韪公然要和皇帝打离婚官司后，心中既开心得意，又羡慕无奈。前者是因为情敌总算被逼走了，此后皇帝终于只属于她一个人的了，而后者却是因为感叹文绣的勇气远远强过自己。婉容添油加醋地说道："皇上，事情都到了这一步，你那小妃子不就是想离婚吗，答应了就是。"

溥仪懒得理她，接着又说道："修订法规的草案是在朕的宣统三年（1911 年）完成的。唉！"

"皇上说得没错，到了 1912 年，南京的临时政府孙中山又接纳了司

丁酉岁
春月
朝珠

法总长伍廷芳的建议，向当时的参议院提供了有条件采用清末法律的建议性咨文。"此时已经非常年迈的陈宝琛跟着解说道。

"但我大清所制定的民律草案中关于家属和继承之规定却重新又被修订过了。"郑孝胥气愤地说。

"那当然了，当初的草案据说是仿照德国的法典而来，共分五个部分。与当今的社会情形悬隔天壤，用于新潮的社会中自然不合适。"婉容这回倒是说了句公道话，不知文绣若是知道了，会作何感想。或者文绣会微笑着说："看来她早就盼着有我离宫的那一天了。"

"这回皇后说得也是有些道理。"溥仪竟然故作轻松地夸赞起皇后来。就这样，溥仪和一行人商量了半天，绕了个大弯子后，似乎这么一来也为自己找回了面子，为自己搭了个让人莫名其妙的台阶可下，然后他才绝然地说道："既是沿用了大清律法的指导思想，才有了当今民国的更适合于中国民情的法规，那朕便成全文绣，准许她离婚。"随后，又命人拟了道上谕登在报上，大意是："淑妃不遵祖制，擅离行园，即日起废除封号，贬为庶人。"借此来挽回些颜面。

紧接着，末代皇帝溥仪便在近臣和全国人民的关注下，公开答应淑妃文绣的离婚诉求。再后来，在双方律师的多番协商后，溥仪方提议修改了部分离婚条款。1931年10月22日，溥仪与文绣正式签订了离婚协议，协议规定：

（一）离婚后，溥仪给文绣生活费5.5万元；

（二）允许文绣带走日常穿用的衣物和用品；

（三）文绣回北平母家生活，不得再嫁和做有损溥仪声誉的事情。

协议即日生效。文绣终于恢复了自由身。

第二十六章　情义无价

　　文绣离了婚，留下妹妹文姗暂时在天津替她看管离婚时分得的一应衣物和用品。怀揣着跟过往旧梦的决裂以及对新生活的期待，文绣一半欢喜一半哀愁地准备开始新的人生。她首先辞去了几名要跟随她的忠仆，只让铃儿陪同着回到了北京城。既然脱离了从前的荣华富贵，面对物是人非的京城故地，她想着应该回到娘家先做一个平凡的女儿尽孝床前，再考虑接下来的生活。

　　北京城一切照旧，它老而不朽的沧桑面容，反而赋予其一种无法比拟的美。那凄艳的苔藓，装饰了城墙、宫宇、寺庙等处的秦砖汉瓦和刻有唐诗宋词的影壁，大小的胡同和胡同中熙来攘往的人流，这里的一切，都是文绣在无数个孤寂的夜里思绪万千的地方。清朝时的北京，内、外城实行满汉分治分居，清军圈占了内城东、西、中三个区的民宅，将汉族民众全部都迁往城外也就是后来人们所说的城南，内城则变成了拱卫紫禁城的八旗军营，分别按照八旗序位驻防护守。京西则另设了圆明园护军营、蓝靛厂火器营和香山健锐营，合称三大营。文绣先期的出生住处便是在这三大营所辖之内。因为祖父锡珍的府邸面积宽阔，庭院深深，她反而很少有机会到外间玩耍，后来随其母迁居城南的花市后，倒是让她生活得趣味横生，以至于在进宫之后许多年都记忆犹新。

正可谓白云千载空悠悠，走在京城的胡同中，不稀不稠，灰里透一点绿，老远的就能闻到一股酸涩味。看一个人是不是老北京，先得问问他爱不爱喝豆汁儿就够了。文绣是个地道的北京人，她阔别家乡已久，这久别的乡味刚刚顺风飘过来，她就来不及似的拉上捂着鼻子的铃儿，说道："终于可以喝上一口了，馋死我了！"

"主子，这是什么气味啊，活像泔水，真是受不了，咱们还是赶紧离开吧。"

"胡说！这是北京城的豆汁，香着呢。"文绣自顾自地四处张望着。

"主子，京城里好吃的多着呢，咱们不吃这个好吗？"铃儿捏着鼻子，咧着嘴央求着。

"哦，看我倒是忘记你这鬼丫头不是京城里长大的，也罢，今儿个就不妨依了你，先回到家中见过母亲再说。"

"主子，这豆汁儿难道比口蘑肥鸡、三鲜鸭子、黄焖羊肉、烧慈菇、熏干丝、祭神肉片汤这些还要美味吗？"铃儿实在想不通，面对精心烹制的山珍海味都食不下咽的主子，为何会对街边小铺售卖的气味怪异的小食馋涎欲滴。

"你不懂，这是家的味道。"文绣舒心一笑，回过头又说，"这是一种情怀。"

"哦！"铃儿若有所思地应和着。

主仆俩自在地徜徉在京城的繁华声息里。后海的沿岸就在眼前了，家越来越近，文绣贪婪地呼吸着家乡的气息。想想母亲看到自己时喜悦的神情，原本略有的那点近乡情怯的沮丧也一扫而空，迈着欢快的步伐向沿街的家走近。唉！这个家还是前夫溥仪为母亲购买的。文绣脑海中突然又将从前的事过了一遍，她有些啼笑皆非地为这转瞬即逝的想法自嘲着摇了摇头，嘴角飞扬地苦笑着。

啪！啪！啪！她亲自敲响了门环。

"唉！小姐您这是找哪位？"一个全然陌生的，但却操着一口地道的京城腔调的中年妇女，将朱红色木质大门拉开了一条缝，礼貌却谨慎地上下打量着穿着考究的文绣，有些好奇地询问道。

"请问蒋老夫人可在府中？"铃儿看见主子面对这位表情冷漠的妇女不但没有作出任何回应，还僵硬地立在门边失态地倒退了几步，像是怀疑走错了门似的重新确认着门号，便主动迎上前去，满脸恳切地反问道。

"什么蒋夫人张夫人的，走错门了。"只听那门内的妇人又说。

"哎，哎！你这人怎么性情如此急躁？"铃儿眼见那妇女就要关门的姿态，忙机灵地用力顶住两边门板不悦地说道，"就算不是蒋老夫人的府上，也总让人问个究竟吧，再说你看我和我家主子像是坏人吗？"

"这——"中年妇人被铃儿的这番抢白说得有些脸上挂不住了，正在犹疑地嗫嚅着。

"大姐您不必惊慌，我只想知道，这里原是我母亲蒋氏的住处，现在既然您出现在这里，那您是否知道我母亲的下落。"

"蒋氏是您的母亲？"妇人被文绣极有教养的措辞和与众不同的尊贵气息给镇住了。

"正是！"文绣答道。

"我只是偶尔听街坊说起过一回，好像是我这宅子的前房主，但我却并不知道那老人家如今的下落。"妇人将门拉开了些，眉眼稍微柔和地如实回答道。

"那这房子现今归谁？"铃儿迫不及待地代文绣追问道。

"两位有所不知，这处宅院是我和爱人前年从外地经商回来新添置的，为的是在这兵荒马乱的年月有个踏实的家，我们夫妻买这房子时还经过了中人，至于那位蒋老太太，我真的不知道，要不二位再问问别人吧。"

中年妇女说完，再不容她主仆二人答话，只把那有些肥厚的躯体用力一抵，大门便"哐咚"一声严严实实地关上了。

铃儿还在埋怨着那妇人，已知情况不妙的文绣却又迈开了脚步，焦急地向另一个方向连奔带跑地赶着路，如今的她只想知道母亲的一切，她现在要去的就是五叔华湛的家。

但今日今时，五叔华湛因文绣与溥仪闹得沸沸扬扬的离婚一事正在家里气恼呢，这个自命为前朝遗臣的老夫子认为，文绣的离婚不但大逆不道，还辱没了家门世代尽忠于皇上尽忠于大清朝的气节。而推举她入宫为妃的正好是自己。当初文绣起诉离婚时，华湛就曾命家门中的子侄，在报刊上公开发表文章斥责文绣的行为，批判这个曾经一度成为家门荣耀的侄女。那时，来自家门堂兄文崎的严厉的措辞，对文绣而言确实是一股极强的压力和伤害。

傍晚时分，文绣站在了有些破败的五叔家大门前，心中忐忑不安。这处院子她再熟悉不过了，是她祖上家传的，想起了院子里的那些紫藤花蔓，胡同里又不时飘来阵阵饭香味，恍然间，她仿佛又回到了小时候一大家子过年节的情景。她默念着："绣儿回来了。"

犹豫再三后，文绣深吸一口气，示意铃儿前去喊门。月光下，一位老者的身影出现在门缝那边，是那么的熟悉。原来开门的正好是华湛。但与先前持重伟岸的形象相比，如今的这位老人，浑身都有一股失败者不甘的绝望。那弯曲的身背和蜡黄瘦削的面庞仿佛刚经历过一场与生与死的博弈，显得疲弱不堪。文绣的心忍不住抽搐了一下，但她还来不及说任何话，昔日疼爱她的五叔看清了眼前的来人，已经不由分说地关上了大门。独自在外风风雨雨经历了那么多，文绣都不轻易在人前落泪。此刻，她再也忍不住了，不顾铃儿就在面前，泪水滚滚而下。此时她那颗如燕雀渴望归巢的心，一点点向下沉去。

后来，经过多方辗转，文绣在别处又找到了另外的几名族人，但他们似乎都与与华湛商量过了一般，将她冷冰冰地拒之门外。或许，对于这些人来说，她不仅仅是丢了额尔德特氏的脸，更重要的是，已经不再是皇妃的她对于大家来说，已经毫无利用价值了。末了，还是一位好心的街坊告诉文绣，她的母亲蒋氏早已病死多年，而生前所住的房子也已经变卖了。这位街坊是个直性子，禁不住主仆二人的再三言谢，说出了蒋氏临死前，曾嘱托本家和四邻，不要将自己的死讯告诉远在天津的女儿。其实，自从发生了逼宫事件后，文绣追随溥仪逃到了天津，蒋氏一想到女儿嫁到皇家的危险，就十分后悔当初不该有攀龙附凤之心，实际是害了女儿。再后来又听说女儿在异乡备受溥仪的冷落，蒋氏便无时无刻不挂念着女儿，可她不想再给女儿增加任何负担和痛苦，所以，她要求在自己死后，请族中本家与黑丫、文姗等人合计着悄悄办了丧事，便将老房子转卖了出去。

"难怪文姗突然只身到天津去寻我，我怎么没有想到问问她关于母亲的事情呢。"文绣自责而又伤心地突然想起来了，难怪每每一问到母亲的事，妹妹就闪烁其词了。

"主子，改日我们去坟上拜拜老夫人吧。"铃儿不忍主子伤心，便温和地安慰着。

无家可归的文绣只得带着铃儿寻到花市，希望能找到儿时的伙伴。几经周折后，才打听到他们如今的下落。那几个女孩子也早已外嫁，男孩子唐少宗为了混口饭吃去参了军，好在少宗的母亲是个热心肠的人，帮文绣租了一处简单的房子暂且安身。

为了开始新的生活，文绣改回了从前在学校时老师给她起的学名"傅玉芳"。

"主子，您这个名字好文气啊。"铃儿侍候着笔墨，看文绣在眼前的白纸上写下"傅玉芳"三个字后，小心夸赞道。

"那当然，想当年，我上学时可是时常受到老师夸奖的。"

"怪不得主子在长春宫时，凌若文老师也总是夸赞您的……铃儿该死，不该说那些不高兴的往事。"铃儿紧慌忙自责道。

"无妨，那本来就是一段真实的过往，只是不知如今凌老师身在何处。"

"是啊，只可惜的是，主子再不能临摹出长春宫的红楼壁画了。"

"你这丫头，没看出来这些年也长进不少啊！"文绣见婢女铃儿越发地谈吐不俗，忍不住赞叹道。

"主子不是常说近朱者赤近墨者黑吗？这些年来主子整日与书画为伴，铃儿耳濡目染，自然也受益不少。"

"学再多又有何用？咱们回北京也有些日子了，母亲不在了，亲人又不搭理，整天无所事事，这可如何是好？"文绣不禁伤感起来。

"主子，您还记不记得在天津，皇上放我们出去逛街游园子时，看到过不少背青布书包的女学生，您不是说过，既然有女学生，那就该有女老师吗？"知主莫若仆，铃儿很懂文绣的心思。

"是呀，你这丫头还真是机灵！我虽然再不能回到学校当学生，但我可以当教书的老师啊！"想到可以学以致用，文绣会心地笑着说道。

"主子满腹才华，一定会得到孩子们的喜爱的！"

"说起来容易，咱们的学问再好，也得有学校愿意收我当老师。"想了想后，文绣又说："其实，这都不是大事，大不了咱们自己收学生自己教，现在外面流浪的孤儿和那些上不起学的孩子肯定不少。"想到外面兵荒马乱，文绣就为那些可怜的孩子着急。

"主子您这就盘算开了。"铃儿高兴起来，语带调侃地说。

"没错，教书育人是件很有意义的事情。"文绣也非常认真地说道。

经过一段时间的深思熟虑后，文绣便付诸行动。从离婚赡养费中拿出了一部分钱，在府右街购置了房产用来作为教书的场地，并招收了邻里间的孩子和一些流浪儿，她自己则任图画和国文课的老师。每日站在讲台前，望着教室里那些天真无邪的孩童们，她的心中真是溢满了美好。当然，对于她别开生面的人生经历和非比寻常的见识以及精彩的授课，让孩子们对于这位老师格外敬重和喜爱。很快，街坊邻里们口口相传，自发前来上课的孩子也越来越多。

春去秋来，北方的京城似乎总是被冷冬的气象环绕着。这不，北海公园的夏荷都还没有尽情凌波起舞，香山的红叶已经燃透了天际，紧跟着漫天雪花就飘起来了。文绣想起了小时候跟伙伴们在雪地里追逐嬉戏的快乐，于是，她带着心爱的学生们走出教室去打雪仗，那一刻，孩子们的欢呼声洗去了她一切不幸的往昔回忆。夜晚，铃儿看她在窗前凝思，便温上一壶暖酒送了过去。这一夜，文绣做了个梦，她又梦到了许多：旧府的紫藤，长春宫，静园里的那个穿西装戴眼镜的儒雅男子……而她自己则穿着素净的衣装，红霞铺面，一切都美不胜收。她觉得自己醉了，醉倒在浮生若梦的轮回中。

云中歌

念念是不忘红尘，多少痴缠。

悠悠如花芳草心，忐忑难安。

来时无路去无影，难留春神。

愿年年岁岁常驻，美人如歌。

不负从前不负今！

可惜好景总是短暂。世上总有些可恶的或闲极无聊的好事之人，专门以发现甚至挖掘别人的隐私和隐痛为乐。学生越来越多，在某些好心的家长的帮助下，文绣又招了些老师来共同教孩子们。本来，这里先前只是私塾的规模，但慢慢地大有发展成为一所私立学校的势头。也就在这个时候，有人发现老师傅玉芳原来竟然是末代皇帝溥仪的淑妃娘娘额尔德特·文绣。这一新闻让那些好事者就像是打了鸡血般兴奋，不胫而走的这一消息一夕之间遍布京城各大报的头条。人们相互传说着，为了一睹皇妃的风采，争相结伴到府右街，拥挤在这学校门前，各大报纸见势谁也不愿甘拜下风，都火上浇油般赶着这股子热闹安排记者前来采访。文绣不堪被如此当作活物展览，书是教不下去了。为了不愿自己费尽心血才创立的学校解散，她只好将学校交给新来的老师和热心的家长，含泪告别了心爱的孩子们，又退掉了租住的房子，悄悄到刘海胡同购买了一处僻静的宅院，过起了孤寂的隐居生活。据说后来，文绣所创的那所学校几经易手却保存了下来，还被正式命名成为私立敦本小学。

文绣搬的新家，房子大了些。这时，妹妹文珊也搬来与她同住，活泼的文珊再加上伶俐的铃儿，总算是让这宅院里的有了些活泛的气息。生活仿佛又走上了正轨，就连那洒在院子里的阳光也格外的温暖。文绣享受着这种安稳和自在的生活。但不速之客的来临再一次打破了她渐渐平复的内心，来人居然是张景惠。溥仪在与文绣离婚后没多久，就追随日本人潜入到长春，建立了臭名昭著的伪满洲国政权，而张景惠先期仅次于帝师陈宝琛，而后来又越过郑孝胥成为溥仪的首席重臣，当上了伪满政权的所谓总理。张景惠此次前来京城文绣处探访，正是奉了所谓康德皇帝溥仪之命，意欲请她再回去当皇妃的。

光头圆脑的张景惠见到文绣后，大行跪拜之礼，尊称"娘娘"。只见这位伪皇帝的特使礼毕之后就直奔主题，开始游说起来："娘娘您实在不知道，自从您狠心回到京城后，皇上就一直思念着您，尤其对皇后也是越来越冷淡。所以，现在才让日本人以此为借口逼着皇上选妃。这不，皇上首先想到的就是请您回去，毕竟夫妻多年，诸事也能有个好商量。"

对于此等说辞，文绣起先只是静静地听着，并没有作答。但她心中难免稍起波澜，正如张景惠所言，她与溥仪毕竟是夫妻一场。

"娘娘有所不知，老臣还曾听说皇上自您走后，连着好些天都在您的房中独住，做臣子们的想起来都着实不忍心啊！本来老臣就估摸着后来要不是筹谋前往长春的事，皇上肯定不会就那样仓猝地放娘娘您离开。唉！皇上也有皇上的难处啊！"张景惠见文绣一声不吭，估摸着她是不是有些动心了，便苦口婆心地自哀自叹地说了一大通。

人非草木，孰能无情？文绣也正如张景惠所言，多年的夫妻虽一朝分离但又岂能毫无情分？只是自己是绝不会因私情而再愿与其苟同，更不会因所谓的荣华而睁着眼睛做出卖国家和民族的千古罪人的。文绣一时沉浸在往事之中难以抽身，湿润的双眼说明了此刻她的心中也是感慨万千。那些百转千回的往昔浮现在眼前，终于忍不住流下了眼泪。眼前的场景让张景惠也不免心生触动，在沉默中，面对这位此前虽接触不多却也耳闻得知其人的倔强女子，他也一时找不到好的话可说了。他便静静地坐了一会儿，没忍出声来惊扰沉寂在过往中的"淑妃"。后来他想：既然来意已经明确传达，是不是该就此告别？突然回想起刚才进这大门时，曾被迎面一块雕工苍劲的影壁吸引住，于是，便起身走到正屋外，同时，心里也希望借此工夫，文绣能平复下心情，最好能有一个好的回复给他。

"张大人，我家主子请您进屋里说话。"正在他四顾闲看时，铃儿走过来传话。

"娘娘果然真是好雅兴，老臣曾听闻说皇上住在京城时，您就是紫禁城中一顶一的园艺高手，凡是经您手的东西，不管是怎样难以入眼的物事都能焕然一新，甚至是巧夺天工。"张景惠边走进屋边竖着大拇指恭维

丁酉歲春朝珠

道，一副仰慕不已的神情，似乎也对此行成竹在胸了。

"不知娘娘何时可以启程？"看着半天没回话的文绣，张景惠忍不住轻轻问道。岂料文绣突然神色庄重，异常冷峻地回答他说："张大人有所不知，我决心要与你们的皇上走到今天这一步，其实很大一部分原因正是因为日本人。可皇上现如今不但没有丝毫悔意，反倒在离婚后没多久就为了一己私心置国家民族大义于不顾，公然明目张胆地潜逃东北去做日本人的帮凶，反过来欺骗天下，残害同胞！如此皇上，即便是对文绣再深情，文绣也决不屑与其共处！"然后又接着说，"张大人，请您回去后将文绣的话如实转告给溥仪！"

张景惠听完，好半天都没有回过神来。末了，他还是心有不甘地再三哀告说："娘娘先别急，请退一步往好的方面想想。再说，若您不愿回去，老臣哪还有脸再面见圣上？"可文绣依然不为所动。看到眼前的景象，张景惠只好拿出最后的杀手锏，将溥仪亲笔写的一封书信转交给了文绣，同时心想：看来皇上心里是真有眼前的淑妃的，不然也不会对她的性情掌握得如此清楚。铃儿上前接过书信递给文绣，文绣展开一看，其意已了然于胸间。也许溥仪真的想说："朕之一生，爱在淑妃。"但也许他的爱太深，情太重，反倒没能真正去理解文绣的内心。

痴 仇

基业尽毁，如这般悲游，亡则虚妄，生则现丑。日寇按着不低头，血死魂不收，欲何取可复仇？

纵有刀山在前，火海在后，撇开一时羞，再回头杀尽屈辱。

文绣看完信后，泪如泉涌，反复端详而不能语，她如此当堂失态，惊得张景惠慌忙问道："娘娘您这是同意随老臣回去见皇上了，还是……"文绣也不回答他，只是示意铃儿扶着自己进了内室，她红肿着双眼盯着溥仪的墨迹，仿佛又回到了长春宫与溥仪谈诗论赋的时光，那幸福的往昔再次模糊了她的视线。酸涩的味道通过她的唇角传遍了全身，她颤抖着双手从一个锦匣子里摸索出溥仪从前专为她书写的一些信件和诗札。一个女人的坚强在白纸黑字间瞬间崩塌了，思念如潮水般淹没了冰冻许久的心，似乎冰雪消融又见春意，可即便如此，又有什么在清晰地提醒她：一切都不可能了。文绣静静地坐在那里，仿佛身临当年的长春宫，用尽全身的力气最后一次温故她的淑妃生涯，然后毅然决然地叹了口气，仿佛就此放下了心中所有的重担，她决意了断与末代皇帝的那半生情缘。

文绣拿起笔来，静静地写道：

佛 徒

浮生若梦，阅尽繁华青丝如雪，漫漫长夜久。

月光如水，孤灯暗楼锁深愁，难以倾诉。木鱼寂寞跪佛祖，唤不醒世人心中苦。拜谒弥罗求观音，盼望骄阳早出头，我愿磕首称佛徒，暂忘红尘不沾酒。

随后，她走出内室，对在客厅等候已久的张景惠坦然地说道："张大人，请把这封书信转交皇上。另外，也请转告皇上：情虽在，道不同，君且珍重。"

第二十七章 雅趣

因为跟溥仪离婚的事，文绣除了被本家人排斥之外，爱新觉罗家族更是对她无比敌视，甚至在很多公开的场合和文字描述中都有意无意诋毁文绣，不过有一人例外，他就是曾被誉称为"皇清神童"的溥儒。

清王朝虽然早已倒台，溥儒也失去了皇室亲王的尊荣，但因其过人的才华和高贵的品行，在那个时代仍能被业内众人公推为"北宗山水第一人"。溥儒对文绣与溥仪离婚一事颇不以为然，因为他对于溥仪投靠日本人一事也非常反感，并且几次让溥杰代为转交自己的书信给溥仪，希望能劝说溥仪醒悟，但显然溥仪根本没有在意。于是，对于政见与己相近的文绣，溥儒是非常赞赏其品行和操守的。正因为此，当仆人前来禀报说淑妃文绣前来拜访时，溥儒惊讶中也感到了一丝欣慰：不管怎么说，他都希望文绣不要把爱新觉罗家族的所有人都看成是敌人，而今天文绣愿意前来，正好说明了她恰恰是秉持这样的看法的。所以，溥儒非常热情地以故人之礼接待了这位与众不同、气节刚烈的末代皇妃。

他俩聊了陆机的《平复帖》，聊了长春宫的壁画，聊了隔绝红尘纷扰的往昔生活。脱去了皇妃的沉重桂冠，离开了紫禁城锁住人心的高墙深院，纯粹地谈诗论画，以文会友，两人都感觉到了大不同于以往的轻松和惬意。

"不如兄长收文绣当个学徒吧！"两人话意正浓时，文绣被溥儒的才学所吸引，情不自禁地脱口而出，"如今文绣隔世隐居，清心安适的生活得之不易，岂能就此虚度光阴？"

"弟妹实在高抬我了，倘若拾得空闲，自是欢迎前来交流绘画技艺。"溥儒得体地回应道。

"那实在是太好了，文绣这里先行谢过兄长了。"文绣展开了久违的笑，微微一欠身表示谢意。

"那好吧，恭敬不如从命！"溥儒也报之一笑，就算答应了。"但是，堂弟溥仪前些日子还派大臣张景惠前来宅上邀我赴满洲国任职，唉！此事真是让人烦心，不知道弟妹……"突然，溥儒忧虑地说道。

"那张景惠前些日子也找过我，说是皇上想再让我回去。"文绣低喃着。

"看来他是真的让日本人给迷住了，那个伪皇帝不好当，现在他估计里外不是人啊！正所谓九庙不立，宗社不续，祭非其鬼，奉非其朔，真是作嫔异门，为鬼他族。他将来如何是好？"溥儒显得有些情绪低落，文人的傲骨不容他有半分掩饰，他还是文绉绉地把溥仪骂了一通。"不论怎样，虽然我们与他不再是同路人，但还是愿他早日醒悟，一切都好吧！"末了，溥儒没奈何地安慰着自己又像是安慰文绣。

溥儒是位真正的书画雅士，沉迷于艺术的天地里自娱自乐。现在又有了文绣这位新的文友，可以交流艺术想法，觉得一切甚好。所以，对于文绣的每次上门求学，他都能悉心点拨和指导。后来，眼见文绣的画作越来越有进步和特色，便鼓励她将画作拿出试着在市场上售卖。溥儒心想：如此一来，既解决了她生活上坐吃山空的经济危机，又能激励她对更高的艺术境界的探索欲望。溥儒的建议，就连文姗和铃儿也非常赞同，于是，文绣欣然接受了这一提议。在接下来的一段时日里，她每天都为自己第一幅可能要公开出手的画作静心构思着。

有一天，邻家孩童放飞在天际的一只风筝突然跃入了她的眼帘，"对啊！天高任鸟飞，海阔凭鱼跃，这不正是世人们所梦想的自由自在的生存境界吗？"文绣想着，灵感的源泉点燃了她挥毫的激情。几天后，一幅灵动典雅的风筝图呈现在溥儒眼前，溥儒反复欣赏后赞叹道："此画风神俊朗，意境深远，如若我与你并不相熟，初看之下，根本不会想到此画竟然是出自于一位柔媚的女子之手。"

"兄长过奖了！都是您教导有方。"文绣真诚而谦虚地回答着。

"这样吧，近两日我将会去荣宝斋一趟，到时会把此画带过去寄售，你是否愿意跟我一同前往？"溥儒眼睛盯着画面问着文绣。

"那荣宝斋大多只售卖名人世家的宝迹，而文绣区区无名，怎敢以小作登大雅之堂？"文绣虽然心中很高兴，但还是不免有些担心。

"难道末代皇妃的身份再加上我溥儒高徒的名号，还跨不进那小小荣宝斋的门槛？"溥儒却显得轻松愉悦，宽慰着回答道，同时也是极难得地自吹自擂，说完二人不免会心一笑。但溥儒接着又似有所思，疑惑地问："这样精心的作品，为何没有署名？"文绣本想答话，只听溥儒接着就又说："我看出来了，你是不想再被人们知道后评头论足，既如此，你可再想一个可有什么不被多数人知道的别名或字号之类的先署上，总之最好有个正式的落款。"于是，文绣便在这首幅打算公开售卖的画作上签了一个模棱两可的字号：爱莲·绣。

就这样，这幅被题名为"飞"的画作高高地挂在了荣宝斋的售卖厅里，正如溥儒所料想，很快，此画就陆续引来了一些业内名士的好评。同时，人们也在猜度"爱莲·绣"是位怎样的人物，但无有定论。再后来，只有与溥儒堪称好友的著名画家张大千通过此画的风格大致推断出了一些端倪。张大师认为从画风的空灵超逸中可以看出，作者与溥儒有近似的艺术情思，而"爱莲·绣"这种温婉的署名看似隐秘，实质上透露出了作品当是出自一位女子之手，他想起曾经偶然在溥儒的家中，遇到过一位贵气娴雅的女子自称为"绣",并且那手拿画卷匆忙离去的背影,当时还让自己灵感迸发,想让老友介绍为其亲手绘制肖像,但溥儒却不容置疑地拒绝了。想来,此画与那位女子应有关联。张大千在心中似有断定,再经细想,难道那位女子就是离宫的淑妃额尔德特·文绣?当张大千将自己这个惊喜的推断无意中透露给了荣宝斋的老板之后,人们就再也没有在公开场合见过这幅画作了。

"荣宝斋素来有收藏名品佳作的习惯,末代皇妃的手笔更是奇货难得,应该是荣宝斋珍藏了吧。"许多年后,张大千每每想起那幅名为"飞"的画作,还有那手握画卷惊鸿一瞥的背影,总会忍不住这样自言自语地说道。

但让世人真正不解和遗憾的是,不知为何从此以后,文绣就再也没有拿出过任何一幅新的作品公开展示了。其实,现在看来,这并不是个什么谜,文绣早已厌倦了加在身上的那些浮华的身份,她实在只想做个普通人,那种处处受人侧目的生活根本不是她想要的。

第二十八章　本心不移

　　1937 年震惊中外的"七七事变"之后，日本人侵略中国的无耻行径大有势不可挡的气势，贪婪的倭寇岂能不惦念我们繁华富足、堪称中华文明典范的古老京都？在倭寇肆意狂妄的铁蹄下，文绣与成千上万的同胞一样，安宁的生活再也难以为继了。再加上她曾身为皇妃的特殊身份，使得她的日子比寻常百姓更多了些凶险和艰难。尽管她行事非常谨慎低调，但无孔不入的好事者岂能轻易放过她？她在刘海胡同的家，先是被一些狗腿子汉奸给摸准了底细，然后这些民族败类又为了巴结讨好日本人，把地点暴露了出去，还有的甚至四处添油加醋，讲文绣跟皇上离婚一事是为了糊弄人的，完全是溥仪有意为了掩人耳目散出来的烟雾弹，实际上是让最信任的淑妃回京城，秘密看护从内宫偷偷转移出来的珍宝。这样一来，深居简出的文绣更是有了一层神秘感，与此同时，日本人上上下下也大都把目光齐齐盯在了她身上。

　　每日都得进出添买日常所需的铃儿，首先觉察出了异样。

　　"这两日，门口总有些鬼头鬼脑的人在晃悠，咱们又没招惹谁，难道那些个人是皇上派来监视主子的？"铃儿与文姗这样猜测道。

　　"不大可能，虽说姐姐没同意再去那所谓的'满州国'给溥仪当妃子，那也是理直气壮地拒绝的，而且，他们也是公开离婚在先，想那假皇帝也没脸再来骚扰。"文姗也分析道。

"是啊，可外面那些人估计没安什么好心。"铃儿显然放心不下。

"你们不用怕他们，我想应该是汉奸或日本鬼子。"文绣冷不防走过来说道。

"姐姐，那我们如何是好？鬼子、汉奸我们可都得罪不起啊！"

"无须怕他们，只是以后要更小心些，没事少出门。"文绣嘴上这样安抚着妹妹和铃儿，其实她心里也在担心，外面的人多是来者不善，若不想个对策打发掉，那无异于整日安放了几颗定时炸弹。文绣在园子里陷入了沉思。

不知道少宗是在哪个部队当差，现又在何处，若少宗在部队中有个一官半职的，那就再好不过了。这样一来，也许能借着他的名号暂保一时的安稳。想过之后，文绣便安排文姗去花市大街找少宗的母亲，不过文姗并没有带回来好消息，原来少宗他娘也在等儿子的音信。"兵荒马乱的年月里，一名军人的生死只在旦暮之间，想必少宗他娘日子也很难熬。"文绣说着，就起身亲自收拾了几样吃的和用的物品，对文姗说，"这些拿去送到少宗娘的手上，就说是我的一片心意，往后若她有什么难处，就言语一声。"

"主子，咱们如今的日子不比从前好过了，还是不招事的好。"铃儿最清楚家底了，所以为难地提出了意见。

"别担心，暂时还能撑得过，改明儿我也去找份工，不能只辛苦你们。"文绣轻松地说道，让文姗拿着东西去了少宗家。

"也罢，看他们到底想将我怎样！"文绣最后索性放开了胆子，将生活一如继往地进行着。

很快，连台戏便开演了。

"这皇妃的丫头也这么俊俏，皇妃的滋味那就更差不了。"

"那是，要是差了皇帝老儿能看得上？"两名时常出现在文绣家附近的地痞，就像苍蝇一样，只要铃儿一出门，就盯着人家姑娘看个不停，嘴里还说些不三不四的话。

"老渣子，你猜这丫头是北方的，还是南方来的？"

"秃头，你个死色鬼样的混蛋，这种事还需要问我。"那个叫老渣子的男人真是名如其名，只见他一边用黢黑的脏兮兮的手指捅着鼻孔，一边嘴角歪斜地奸笑着。

"别说，哥儿几个有些日子没沾荤腥了，这身子里躁得很。"秃头光溜溜的脑袋瓜在太阳底下晒得冒油，惹来几只苍蝇嗡嗡地绕着他飞转。

"别提了，咱俩这几日天天盯着一块天鹅肉，看得见吃不着，被活活撩得不行了，这裤裆里的家伙能好受吗？"老渣子的话是越来越下流了。

"要不咱们闹腾点动静，吓唬吓唬院子里的正经主子，说不准就拿钱财打发了咱哥俩？"秃头的话言明了目的。

"哥哥就等这句话了。"老渣子狠狠吞着口水，像是天鹅肉已经吃到嘴里了一样。

铃儿侍奉文绣尽心尽意，虽是主仆却形同家人，为了安排好主子的生活，明知道外面是有风险的，还是坚持每天外出采购新鲜的菜品。她总是觉得，即使生活再差，也不能让主子降了格，无论如何，礼数和做派是不能丢的。这不，她又编了个麻花长辫子，黑黝黝地甩在肩膀头上，柔软的腰肢，轻盈的步伐，衬得那身材别提有多好看了。老渣子和秃头已经加快了动作，贼眉鼠眼地紧跟了上来。就在胡同拐角处，铃儿被这两个痞子前后给堵上了。

"好大的胆子，光天化日之下也敢围堵良家妇女！"铃儿本是跟着文绣见过大场面的人，可这会儿看到两个如此猥琐的人逼向自己，也是慌了手脚。哪知她这一声暴喝，刚好惊动了一个经过这里的人。来人是位个子不高、皮肤粗黑的精壮男子。这人看样子是个送煤工，他放开了手里推着的煤车，提着车上的一根竹扁担，就虎虎生威地走过来了，想看看发生了什么事情。老渣子和秃头都是一把年纪的老光棍，只想着占便宜，没想过要送命和受打。一看阵势不对，立马丢了铃儿就逃走了。

面对救命之恩，铃儿自是少不了一番言谢。相谈之下才知道，这送煤工还真不完全是生人，而是从前锡府管家秦庄最小的儿子。文绣也知道了这回子事，少不了登门感谢，一起谈了从前和这些年的光景，感慨了一番。在这乱世，自此也多了一个可以互相帮助的熟人。

除了那些地痞混混，隔三岔五地还会有日本人借拜见之名，带上专业的勘测工具前来，其用意在于查清文绣所居住的场所，是否真的埋有奇珍异宝，结果都被文绣以严词拒之门外。日本人虽没有捞到好处，倒也不敢真正伤及她本人，后来，他们换了一种法子，让狗腿子汉奸们出手，隔不了几天就轮番逼文绣交出巨款或金银珠宝，要么就威胁她为大日本的圣战作贡献交钱。

"只要您交了保护费，为皇军的圣战作出了贡献，皇军是绝对会保证您及家人的生命和财产安全的。"有一次，当文绣再次拒绝类似无理要求后，就有两位陌生人将出门买米的铃儿进行了挟持和殴打，然后又以铃儿的性命相逼，文绣只能破财免灾，拿出了一部分的生活费，保住了铃儿。可食髓知味，从此，汉奸和日本人就轮番前来压榨，试图捞到更多的钱财，文绣的生活境遇从此变得痛苦不堪。铃儿看在眼里，急在心里，待到身上的伤势好转后，她便偷偷将日本人的种种欺凌告诉了溥儒。不说不知道，一说她才明白：原来，京城里皇族大多与刘海胡同里的她们类似，只是一个单身女人可能更让日贼猖狂些罢了。为了保护文绣以及整个家族的人，溥儒只得暂时放下鄙视和不屑，难得地亲自致信溥仪，将文绣和在京皇族的艰难处境一一告知，伪皇帝溥仪这回倒是做了件像样的人

丁酉春月朝珠

事，他对外宣称要放弃所谓"康德皇帝"的头衔，不惜一命地欲再回北京，想重启宣统皇帝的圣号来保护族人。最终，日本人不想失去一个最佳的政治傀儡，才勉为其难地答应，放弃对爱新觉罗家族成员和文绣的骚扰以及蓄意侵害。但是文绣得知这件事后，却对溥仪并无感激，她心想：若非你溥仪，日本人也许没那么容易就进中国为害百姓，即使爱新觉罗家族和我文绣为你所救，可全国还有许多的受难同胞，你又该如何去面对他们，修复他们破碎的家园？

日本人虽说打了退堂的鼓，汉奸也再不敢再来明目张胆地骚扰。但文绣一样也没能过上几天安宁的日子，京城中一些无聊的豪门富户、官商和恶霸，又怎能轻易放过皇妃这件稀罕物呢？这些人大多利欲熏心、迷信透顶，认为能被选为皇妃的女子，那肯定是命中八字生得好，把这样的人娶回来，肯定有助于家运，保证升官发财。于是，上门提亲的媒婆又成了文绣家的常客。再加上偶尔也会有守在门边上想一睹皇妃姿容的，甚至想寻机入室盗抢财物的等等，均让文绣烦不胜烦。其间也有真正好心的街坊或友人劝说文绣，与其这样时时让人惦记，还真不如找个家境殷实、品行可靠的男人嫁了，既有个好归宿和依靠，也断了那些闲杂人等的念想。

文绣始终不为所动。为了不再坐吃山空，她想起了自己幼年时为母分忧的挑花经历，于是，她打算再靠手艺吃饭，结果，总有同行见她孤立无依，便设法排挤，有时好不容易接到单活儿，一些客主也因知晓她皇妃的身份而变得格外挑剔，或者干脆就只是为了好奇，找个理由上门来看个新鲜的，完事后也就杳无音信了。

慢慢的，文绣的生活也越来越落魄，虽手里也还有几件像样的物件，但那可都是她的心头之爱，并且都有着特别的纪念意义，不到万不得已，她不可能动它们的。比方说那柄溥仪赐送的紫檀龙纹如意，还有那支绿意莹莹的翡翠长情，都是在落寞中伴随她的忠诚良友。紫檀龙纹如意是从前她接受命妇朝拜后升座时握于手中的珍爱，而长情则是她抒发情怀和诗意的绝佳之物，再加上太妃赏赐的镶宝珠花，这些于她而言是过往，是回忆，更是曾经的生命历程中不可磨灭的往昔片段，她都小心再小心地将它们珍藏于心之湖海，只有借助这些物件，才可能在某一天重新打捞起来。为防爱物丢失或被人巧取豪夺，文绣只好将它们分而藏之，把紫檀龙纹如意交给外嫁他处的小妹文姗，镶宝珠花则赠予忠心的铃儿，并为铃儿寻了个好的归处，倾其所有，体面地将她嫁给了救命的送煤工，做了秦管家的小儿媳妇。独自一人隐居的文绣唯有长情仍在手中相依相携。

文绣只允许铃儿偶尔回来为自己操持一些零碎的家务。她不再是一位闺门深处的贵妇，她开始独自撑持不易的生活。为了生计，更为了躲避人们猎奇的眼光，她不想再有人知道自己的过往。后来，她在城南一个偏僻的地方，找到了份拎泥的体力活。她将秀发包裹进一件旧衣服里，自己缝补了一双棉手套，可她那般娇弱的身体，又如何能坚持泥浆和烈日所带来的伤害呢？看着曾经白皙细腻的肌肤在繁重的劳作下日渐粗糙起来，嫩如鲜葱般的玉指也伤痕累累，铃儿心痛不已，便将幼子交给公婆照料后，干脆搬来陪着文绣在京城的街头巷尾里叫卖香烟，作为生计的来源。

"咦，这不是稀草吗？"有一日，在前门大街上，当文绣将一盒烟递给买客时，看着眼前这位一边唠唠叨叨一边在兜里掏钱的胖大姐，她突然睁大着双眼欣喜地喊了一声。末了她立即感到后悔，马上把话往回收："唉！对不起了您，是我看错了。"

"没呀！我是叫稀草啊，您这是……"在这人来人往的街面上能被人认出来是件体面的事，稀草赶紧认了自己。

"妹子，你生得这样水灵，俺们在哪儿认识过？"当着丈夫的眼面，稀草看看自己皮松肉弛的一身，再看看干净利索与众不同的文绣，很疑惑地问道。"俺们认识？"末了又补充了一句。

"我……我是文绣……"文绣终究没能忍住，报出了自己的名字。

"啊！文绣，你真的是文绣?！"稀草后退了几步，停住了脚步。稀草的丈夫也突然掉过头来，睁大眼睛看着眼前这个陌生的女人，这个名字可在他和妻子嘴里曾经无数次重复过。

稀草已经异常激动地上前一步，抓住了文绣的双手。

此刻，文绣的喉咙动了几下，有千言万语，可一时说不出来。

"正是我家主子文绣。"远远地看事情不对头，铃儿已走了过来代主子回答。

"你再看看我是谁？"稀草的丈夫也在一旁惊喜地问道，"人生何处不相逢，人生何处不相逢啊！今天得找个像样的馆子庆贺一番。您是娘娘的身份，凡品怕是看不上，正好，稀草，咱们平时总舍不得下一顿馆子，今个儿沾文绣的光了。"

"对，这回上最好的！"稀草眉开眼笑地说道。

"对了，走，咱们去仿膳！"稀草的丈夫乐呵呵地应声。

"你是……"文绣也吃惊地看着稀草的丈夫，一时认不出来。

"绣，你一准儿还没看出来，俺家这货可不正是当年在花市一起玩耍的街坊'毛头'，田大海呀！"稀草边挽上文绣的胳膊边洋洋得意地介绍道。

"啊，毛头！"文绣恍然大悟。突然间，她感觉到有一丝酸涩的味道溢出喉头，眼泪在眼眶中打转。往事仿佛被眼前的故人激活了。

"想不起来也正当，这都多少年过去了。"田大海在一旁搭着话。

"绣，见面了是高兴事，别哭啊！对了，还记得大晚上你带大伙儿去紫禁城墙根下的事吧，哎哟！我跟大海在家没事就唠一回，笑死人，那事儿也只有你想得出……"稀草一个劲地说道。

"可不是？有人吓得都尿裤子了，回家还挨了一顿好打。"田大海在一旁补充道。

"少宗的胆量不错。"文绣定了定心神，也跟着高兴地说道。

"那小子是够种，要不哪敢去当兵，那可是把脑袋别在裤腰带上的活儿。"田大海一副敬佩的神情。

稀草却说："胆小不得将军做，都像你这样怕死，那还怎样去挣来功名富贵啊！"

"少宗有很长时间都跟他家里失去了联系。"文绣的语调有些沉重。

一行人听到她的话后，便都暂时沉默了，可脚下都往北海公园那里走着。

"我果然没有看错人。"当眼前两个古朴的大字"仿膳"映入眼帘时，文绣暗自庆幸道。但她心里又想：早就想来看看，却不想惊动他们，今日得此机缘，也正好了个心愿。但是转念一想，文绣又顾虑地对稀草说道："这里是个费钱的地方，吃饭大可不必，故人相聚，转一转，坐一会儿也就很好了。"

"没大要紧的，如今俺们在隆福寺边租了间小门脸，改成了专卖糕点的饽饽铺，生意还过得去。"稀草得意地说道。

"看把你能耐的。"田大海眉开眼笑地附和道。

"那看来店里已是有伙计了，从前主子是最爱吃栗子糕的。"铃儿总想给主子找个稳妥可靠的事情来做，便机巧地投石问路。

"对，孩子她姑帮着在，要不今天哪有空到这街面上来转转。"

"你们真是幸福！"文绣感叹道。

"绣，你进宫那会儿，我们这些人不知道有多羡慕。后来你随皇上出宫转去了天津，我们也还想着，那肯定过得很好，天津是个大码头，我们这些人一辈子都难出北京城看看。再后来，在报上知道你又只身一人回京城了，就想着得去看看你。但关于你的传言太多，我们都是过小日子的普通人，也就没敢。"稀草的话说得很实在。

"我们倒是想听听外面到底有哪些传说。"铃儿也习惯了，便笑嘻嘻地询问着。

"那可多了，什么皇妃身边的侍女是溥仪特意安排监视她的，什么日本人的长官看中了皇妃，皇上无能不敢得罪日本人，便将其借离婚的事由遣送到北京，从而避开日本人。"

"说书呢，还真是没完没了，那些以讹传讹的话也还真有人信？"铃儿提高了嗓门子，不高兴地嚷嚷道。

文绣连忙劝阻道："谣言止于智者，事实会证明一切，那些流言就别去理会了。"

"哈哈！看来这丫头大概就是传言中皇上安排的监视你的人吧？"胖乎乎的稀草滑稽地打量着铃儿，惹来一行人开心大笑。

宏伟壮丽的气魄，又有江南园林之小巧玲珑的情趣，北海依然是绿柳垂丝，百花织锦，亭台楼榭掩映其中，一派诗情画意的旖旎风光。仿膳饭庄就在这北海公园东门附近，颇像寺庙的建筑，端庄古朴。他们又走了一段曲径通幽的路后，几人来到了仿膳饭庄的主厅。环顾四周后，稀草夫妇都啧啧称奇。文绣暗自揣量着眼前的一切，心里却给出了品评：富丽堂皇是真的算不上，不过好在洁净雅致，尤其是因为靠着水边，几分清雅飘逸之气倒还是有的。

"哟！几位客爷请上坐。"这时，小二已经迎了上来，热情地招呼道。"看着面生，几位客爷头回来吧？放心，咱这仿膳能在京城里站住脚可不是一两天了，咱这里不但要吃什么有什么，所有菜品还都是正宗的宫廷佳肴，这在京城可是独一份儿啊。"

"可不许说瞎说，俺边上这位主子可是正经的皇家人。"稀草单纯而又骄傲地说了个大实话，指着文绣道。文绣阻拦不及，只得随她了。

"哟，是真的呀！"小二盯着文绣看了好几眼，感觉眼前这位女子，虽说穿着朴素，但眉眼之间，有一股子雍容的静气，阅人甚多的小二不敢怠慢，立马接着说道："几位稍候，菜马上就来！"说完，就转身往后堂走去，临了，还又回头看了文绣一眼。

文绣几人在桌边闲聊着，不时看看窗外的风景，感到无比的畅快。就在他们谈话的当儿，有个人悄悄来到他们的桌旁，盯着文绣，呆呆的半天没有说话。

末了，这人突然当着大庭广众，扑通一声跪了下去，高声喊道："奴才赵仁斋不知娘娘驾到，该死该死，请娘娘恕罪！"

这一声断喝，把文绣一行吓了一跳。文绣这才转过身来，发现跪在地上的，正是当年她派送出宫的御厨赵仁斋。

"快快请起，现在已是民国了，你不必行如此大礼，再说我早已离开了皇上，再也不是什么淑妃了。"在大厅众人的注目下，文绣赶紧扶起了赵仁斋。

很快，后堂几位曾经的御厨都闻讯赶出来，向文绣行了大礼。故人相见，自是一番问候，唏嘘不已。末了，众人都各自拿出看家本领，要为久别的淑妃娘娘再奉上一顿正宗的宫廷御餐。面对着曾经几乎餐餐都在享用的美食，再看看窗外曾经熟悉的皇家园林，文绣感慨万千，真有恍若隔世之感。

赵仁斋朗声说道："禀告娘娘，自从奴才遵照您的旨意出宫后，便召集了大伙商量，拿定主意将仿膳开在这原先的皇家私园里，所幸托娘娘的洪福，开业以来，生意一向还好。"

"父亲和叔伯们今天所取得的一切，其实都是娘娘当年的远见卓识所带来的！"赵炳南顺着其父的话，恭敬地向文绣说道。

"正是这样，但愿奴才们没让娘娘失望！"也在一旁的老御厨王玉山拄着根拐杖颤颤巍巍地说道。如今，他是这里的账房先生。

"哪里哪里，你们都是靠自己的手艺才取得了今天的成绩，我当年不过是个提议罢了。"文绣不想贪他人之功占为己有，谦逊地说道。

赵仁斋在宫中时，就常听说淑妃才气过人，所以，他示意侍立一旁的儿子赵炳南。赵炳南心领神会，便接着说道："不知娘娘可曾听闻，自从咱们这仿膳饭庄开业以来，不但食客云集，而且因了这园子里的风光，还吸引来了不少文人雅士在此留了很多佳作墨宝。"

"小儿说得没错，昔日奴才便久闻娘娘才高八斗，今日既是娘娘亲临，还请娘娘赐墨宝一幅，为众雅添极。"赵仁斋说着又欲下拜。文绣急忙伸出手扶住了他，口中也连声说道："赵掌柜言重了，你能守诺干出今天的成绩，实属不易，而文绣如今看到这一切，非常高兴，这里就不妨献丑一回吧。"于是，就在仿膳，墨香飘溢开来，文绣想了想，提笔写道：

寻仿膳北海行

繁花落尽，寸草峥嵘。
红颜未老，雁去何从？
南国红豆，北国之春。
胭脂谁寄，青春何存？
惜惜念念，累了人生。

写毕，少不了受众人一番由衷的夸赞。末了临行之际，赵仁斋特意准备了一个装有银票和现钱的匣子，放到铃儿手里。文绣坚辞不受。赵仁斋便言辞恳切地说："娘娘莫要再推辞了，奴才等早知娘娘回京，但因顾忌诸多，未曾敢去府上问候，奴才罪该万死，现如今娘娘落难，奴才等岂能再有坐视旁观之理？"

"你等一片心意我已领，但这钱是万万不会收的。如今这兵荒马乱的年月，我虽生活难了一些，但也尚可维持生计，更何况刚才看了菜品的卖价，你等做的实属价廉物美、赚头不大的诚实生意，唯愿你等日后不改初心，毫无保留地传徒授技，将这仿膳发扬光大。"末了，文绣又感慨道："来这仿膳的食客吃的不仅是饭菜，更是历史，是文化。虽然曾经不可一世的王朝没能给咱老百姓留下什么实在的东西，但能留下一桌好的饭菜，也还是有点意义的。你等切不可怠慢了。"

"奴才遵旨！"众厨一片诺声。

文绣等人也随之在众人的注目下缓步离开了仿膳。

丁酉歲
春月
朝珠

第二十九章 文绣再嫁

在艰难时世中，年轮仍然飞转。文绣也从青春年华走向了中年。

关于一个 36 岁女人在乱世中的人生际遇，这里暂且按下不表。先说说眼下的局势——此时，"二战"已经临近尾声。

1945 年 8 月 8 日，苏联对日本宣战。

同年 8 月 6 日和 9 日，美军在日本长崎和广岛分别投下了两颗原子弹。

8 月 9 日，爷台山反击战胜利结束，八路军收复了爷台山等全部被日军占领的失地。同日，毛泽东主席发表《对日寇的最后一战》的声明，号召中国人民的一切抗日力量统一起来，举行全国规模的反攻。同日，苏联红军 80 个师以及太平洋的两个舰队，共计舰艇 500 余艘，总兵力近 150 万人，向中国东北边境和朝鲜、库页岛南部及千岛群岛的日军同时发起进攻。

8 月 15 日，日本天皇裕仁发布诏书，宣布日本无条件投降。

中国人民经过艰苦卓绝的抗战，终于将日本侵略者赶出了国门。全国上下陷入一片欢腾的海洋，北京城中也出现了一幕标志性的事件：从前长安街上日伪统治时期被改名的两座城门——启明门和长安门——在广大人民群众的强烈要求下，于 1945 年 11 月 9 日被分别改名为"建国门"和"复兴门"。历经苦难的中华大地又重新焕发出了新的生命力，北京城也随之恢复了往日该有的生机。

文绣的人生也在此光辉的岁月里开始了新一次的转变。

36岁的她秀发飘洒，换上了水蓝色的旗袍，米灰色坎肩，白色的高跟皮鞋，得体的衣着衬显着丰韵的身姿，使得她看上去素净知性，气质高雅。因为她才华出众，在经过相熟的友人介绍后，她在当时的《华北日报》接替了一名生病请假的校对做临时顶班。对于这份来之不易的工作，文绣特别珍惜。经她手校对的文字版面，绝不会有任何一个差错被放过。不但从未出现过差错，甚至还偶尔会因了她的妙笔生花，让某些不是很起眼的字句，在不改变原意的基础上修改成了全篇文章的点睛之笔。如此一来，时任报社社长的张明炜发现了这个编校高手同时也是文章高手，因此也对她格外器重。在顶替的时间到了后，张社长破格录用了已经改名"傅玉芳"的文绣，让其成了报社编校队伍中一名正式职员。

工作之余，报社的在京人员也会举办一些聚会之类的文娱活动。每当这时，同事们有配偶的基本上都是成双成对地参加。而张社长却发现年龄不小的傅玉芳要么是借故不到，要么是单身一人前来。经过暗中了解，张社长才知道了眼前的傅玉芳那段不同寻常的人生经历，便对这个前清的末代皇妃、如今的同事产生了深深的同情，并下定决心一定要为她物色一个好的归宿。

张社长果然是个有心人，在家中将文绣的事情告诉了自己的夫人，他们夫妻俩本都是热心快肠之人。此后没过多久，北平行营长官李宗仁的部将刘振东便进入了这位社长的视线。说起来，刘振东本也跟张社长有点亲缘关系。可张夫人认为，刘振东虽然为人处世方面大气得体，但毕竟是个行伍出身，偶尔难免粗蛮了点，而文绣却是一身的才情与傲骨，曾经的皇妃，这两个南辕北辙的人能否走到一起，张社长夫妇的内心并没有太大的把握。

　　然而这夫妻俩哪里知道，刘振东和文绣在不久前就已经相识了。这件事还得从前文中所说的唐少宗说起。原来，唐少宗在与家中失联的很长一段时间里，确实曾差点丢了性命，而他之所以还能活着回家，正是因了刘振东的搭救。记得那是又一场残酷而激烈的战斗，新入伍的唐少宗根本没有多少作战经验，却一心想立功，很快便被敌军击中腰部，倒在血泊当中。战斗结束后，作为胜利的一方，刘振东与战友们打扫战场时，发现了奄奄一息的唐少宗，刘振东当即喊来军医赶紧抢救，唐少宗这才奇迹般地活了过来。为了再次感谢刘振东，回到京城的家里，唐少宗便邀刘振东见面，还请家中亲人和一众儿时好友相陪，并当众再次向恩人致谢。因为这次聚会，文绣便与刘振东有了一次的短暂的相识。当晚。就在少宗家中的一个炕沿边上，文绣端庄安静地听着唐少宗一桩一件地将战争的实况做着精彩的复叙。这名素净的女子波澜不惊的表情，给身经百战的刘振东留下了深刻的印象。

　　"少宗兄弟，你有一个不错的妹妹。"相聚结束后，刘振东对送他出门的唐少宗说道。

　　"妹妹？我没有啊！"唐少宗一时摸头不知脑。回过神来后，他接着说，"也不对，妹妹还是有的，小时候胖乎乎的稀草总跟着我后面，嚷嚷着'少宗哥哥'，如今却嫁给了田大海那家伙。"

　　"我说的不是那个说起话来没完没了的，而是另一个总在你母亲身旁安静坐着的姑娘，那不是你家亲戚？"

　　"哦，坐在我妈身旁的是绣。"唐少宗打着饱嗝。

　　"绣？这名字不错。"刘振东反复念叨着。

　　"那还用说？她可不是一般人。"唐少宗从小就顶佩服文绣的。

　　"这倒有意思，一个女子能有什么不一般？"刘振东越发想知道关于文绣的一切。唐少宗忍了忍，结果还是没忍住，一路上就将文绣的过往说了一通。

"果然与众不同！"刘振东从心里发出了赞叹。

正好那段时间，刘振东工作时间比较自由，便时常借故到报社。每每刘振东来时，张社长便有意招呼文绣到跟前，询问一些事情。一来二去的，久经沙场的刘振东也从中看出了张社长有意撮合自己和文绣。他便改被动为主动，找了个适当的机会，故作不知地问张社长道："表兄，你这是跟老弟唱的哪曲高腔啊？"

"怎么，平常你东奔西征，几年也碰不上一面。如今好不容易你我同处京城，还不应该好好走动走动？"张社长明知故问。

"兄长可真是有心之人。"刘振东笑着说道。

"那有什么办法，谁让你都四十好几的人了，还没个妻室家业的，让亲戚六眷的人都为你操心。"张社长装着埋怨道，然后便单刀直入地问，"怎么样，看上了吗，要是行就给一句话，为兄也好向对方明说。"

"她一看就是读书人，文气得很。"刘振东掩饰不住的爱慕。

"那当然，来头可大着呢，一身的才学就连我这社里怕是没几个人真能比得上。"

"这个我早就清楚了。"刘振东笑着说道。

"你小子什么时候开始就看上人家啦，看来我跟你嫂子是瞎着急。"张社长并不清楚表弟先前就认识了文绣，但他知道这桩姻缘有戏。

"可我是个粗人……"刘振东少见地没了主意。

"怎么？你居然也有不自信的时候，说明你真的是看上了。"张社长看到表弟一副自信不足的样子，又好气又好笑。

刘振东俊朗的脸上少见地显出了一丝羞赧。

"不对，你已经喜欢上了，哈哈！"张社长如中了头彩般高兴地认定了这一事实，感叹着说道，"天生万物，总有一物降一物的，放心吧。"

刘振东再次报以羞赧的一笑，刚毅的眉目间现出了几许柔情。轻轻地说道："近日我来了也有几回，每次都是匆匆而过，并没见她有什么特别的回应，也不知她是否看得中我这个武夫出身。"

"兄弟莫急，这事还得慢慢来。文绣她虽然经历波折，心如枯水，但假若你能以真心长久待之，总会有融化的那一天。"张社长又说，"近日我再让你嫂子出面安排个饭局，到时候，你收拾齐整了也来赴宴，席间你嫂子会想法为你们牵上这条红线的。"

"多谢兄长厚爱！"刘振东于是美滋滋地回去了。

于是，这场姻缘就在张社长如火如荼的精心安排下，朝着理想的状态发展着。

京城有名的饭庄东来顺的雅间里，一身戎装的刘振东英气逼人，铁骨铮铮。战场上真刀真枪的拼杀历练出了他一身强壮的体魄。他二十岁不到就参军入伍，亲身参与的大小战斗不下于百场，能活着到现在，除了那不言而喻的勇猛外，行事的机敏自然也是不可或缺的因素。之前文绣虽说见过此人，但她只当是巧合，并无多想。然而此时，张社长夫妇在作了一番简单的介绍后，居然抽身离去了，雅间里只留下对面端坐的男子，那眼眸深处都是满满的热辣。文绣认识这种眼神，那是在宫中大婚时，溥仪揭开她的红盖头后投过来的第一眼。文绣浑身一怔，感觉有点慌乱，觉得今天这场宴会就不该来，想想，她打算也抽身离开。可刘振东的反应更快，他是把相亲当成战场来对待的，迅即作出了反应，他纵身一站，挺立在了不知所措的文绣前面。眼见如此行事的男子，文绣将心底的慌乱强压住，转过念头又一想：刚才那只是一时的错觉，不管怎么说，这人既是张社长夫妻有意介绍而来，自己若是就此无故离去，于情于礼都不太好。想完这些，她便又温和地退回到桌椅边上，并以莞尔一笑示意刘振东和自己一起落座。先行开口轻轻一笑，说道："刘将军真是身手敏捷，看来我今天若不陪将军小坐片刻，怕是出不了这道门了。"

"都怪刘某粗野鲁莽。"刘振东刚才鼓起的勇气，在文绣轻轻的一笑中全部溃散了，心立马软了下来，得体地自责着解释道："还请文绣女士不要见笑，我只是多年在军中生活，整天不是跟敌人生死交锋，就是跟一帮铁血汉子们称兄道弟，实在不知道如何该与一位女士相处。"说完，他很真诚地看了一眼文绣，满眼都是歉意。

"您无须自责，文绣也并非是不堪一击的娇弱女子，只是刚才突然想起了一桩不愉快的往事。所以……还望海涵。"文绣也得体地说道。

"哎，人生总有一些不如意的过往，我们都应该忘记过去，生活总要往前看。"因为刘振东了解文绣的从前，所以，他便这样宽慰道。

"我记得您还是少宗的救命恩人。"文绣把话题转开来谈道。

"那不算什么，战场上就是同生共死的兄弟，互相帮扶本来就是应该的。"刘振东面对生死的话题，一脸的风平浪静。

"上过那么多次战场的人，觉得生死有何不同？"文绣突然发问道。

刘振东一愣，然后想了想，沉静地说道："生死本来就是一线之间的事，各人行事不同，对生死的看法也不尽然。我虽是看惯了生死，但还没有看淡它。"

文绣听罢点了点头。

"知道北京城在 1937 年前被烧毁的第一舞台吗？"刘振东亲眼见到过太多不幸的画面，此刻不想与喜爱的人初次相约就谈论过于沉重的话题。便适时转换了话题。

"曾经听说过，将军喜欢看戏？"文绣感到很意外。

"不，我是个粗人，不知道您这样有才华的女子日常都有哪些喜好？"刘振东将谈话的内容，当作战场上的阵地一样掌控着。

"依您看来，文绣是个爱好玩乐的人了？"文绣似乎找到了一些轻松的感觉，带着玩笑的口吻说道。

"不怕你笑话，我兵营里那些已有了家室的兄弟们，往常总会有被夫人的某些喜好折腾得叫苦不迭。"刘振东有军人严肃的一面，也有他们油滑的一面。此刻他虽双目如刀，但口吻分明是轻描淡写的家常闲谈。

"不瞒您说，文绣明日正是约了人去广德楼听戏。"文绣面色微红，将半分糊涂交给了对方，话却说得不卑不亢。

看着文绣迎过来的目光，勇敢而淡然，刘振东嘴角轻轻地掠过一丝让人难以察觉的情愫，心中幸福地暗想：戎马半生，好不容易留下一命，却要交待在眼前这个小女子的手中了！

"曾听少宗说你颇懂音律，而且时常有一支碧玉长笛相伴，所以我就猜想您是不是也喜爱戏曲。"刘振东这才如实说道。

"看来少宗真是把你当恩人了，他说得没错，我也确实喜欢闲余时听听戏热闹热闹。"文绣心中莫名起了一股暖流。

"从今往后，你不需要再一个人热闹了……"刘振东的嗓音有些厚重，似乎有很多话要说。

"文绣一个人过了很多年。"文绣有点哽咽了。

"我知道。"

"文绣曾经是一个亡国的皇妃，让许多人见笑了。"一想起往事，文绣的心中就复杂万端，她很少愿意主动提及。可今天很奇怪，她居然向这个并不太熟悉的人提起了往事。

"我知道。"

"文绣在深宫中被冷落多年，逼迫无奈之下只好选择离婚……"文绣不再掩饰内心的痛苦。

"我听说了。"

"回京后，我当过苦力，绣过花，卖过烟卷……"文绣将心酸和生存的不易也和盘托出了。

"我知道你还拿钱办过学校，是孩子们眼里的好老师。"刘振东轻轻补充道。

"为了糊口，我还偷偷地糊过纸盒，捡过街角的破铜烂铁……"这些她可是连妹妹文姗和铃儿都不曾说起过的。

"不开心的事不要再想，那些都过去了。"刘振东心疼地看着文绣脸上的泪水，轻声而坚定地安慰道。

"我太累了！"文绣从未想过会在一个男子的面前如此脆弱。

"没事了，一切都会好的，只要有我在！"不知道为什么，刘振东感觉就想给她这样的承诺。

此后，两人便慢慢开始了有意的接触和相处。文绣观察到，刘振东随李宗仁驻京，负责管理一方治安和中南海库房的安全，虽属军中实力派，但他从不纵容部下惹是生非，扰乱民生。平时处事的作风也很严谨，对自己也是始终如一地怜惜和体贴。刘振东的一腔真诚，终于赢得了文绣的认同。她冰封的心在真情面前慢慢消融开来。在张社长夫妇的鼓励下，刘振东乘胜追击，向文绣正式求婚，并发誓要照顾她，爱护她一生一世。面对这份难得的真情，文绣却犹豫了起来。她曾经对溥仪承诺过不再嫁人，现在，怎么能背弃承诺呢？文绣的退却无疑给刘振东当头泼了一盆冷水。

"少宗兄弟你说说，文绣是不是又看上了哪个没安好心的混蛋。"心情苦闷的刘振东喝了不少二锅头，酒的热度烧得他的心一阵一阵的抽搐。"嫁给你？我还没有做好准备，对不起，请容我再想想。"那天，面对刘振东热切的眼神，文绣僵立了半天才回了这么一句话。然后，就是多日的避而不见，即使刘振东找到报社，也没有再见到那曾经慌乱而又温情的凝视。

"这不可能，文绣回京后有多少富商官爷上门相求，也不曾见她有丝

毫动心。"唐少宗很不高兴地为文绣辩解道，"你再好好想想，是不是什么地方做错了？"

"想过了，一遍又一遍想过相处的点点滴滴。"刘振东说完又喊道，"再来一瓶好酒。"

"对了，是那个没用的小皇帝溥仪。"唐少宗猛然间拍着桌子喃喃自语。

"你说什么，溥仪？"刘振东像是被人猛击了一记闷棍，喷着酒气清醒地问，"你是说文绣还对那个如今都不知下落的溥仪有感情？"

"你真是酒喝多了，我是说曾经听我妈说过，文绣当年在天津与溥仪离婚时的条件之一就是'不再嫁人'，她不答应你的求婚，又突然间开始躲着你，兴许正是因为这。"

"没错，文绣她是个信守承诺的好女人，都怪我居然不知道她还有这样的苦衷。"刘振东了解情况后，十分自责。

"如果是这样，那还真是不好办，文绣与你虽然相爱，却又要信守另外的约定而不能嫁与你为妻。那溥仪真是自私，自己没本事给人幸福，还硬是要拿个枷锁套在她的头上。"

看来那溥仪也很是了解文绣的性情的。刘振东心想，溥仪既然是如此束缚着她，必定是放手得实在不甘心。

"我会让文绣改变想法的，我刘振东一定要娶她为妻！"刘振东突然大声说道。

"解铃还需系铃人，溥仪虽不在，但故宫在。"没过几日，张社长知道刘振东的苦恼后，这样一语点醒梦中人。

"表兄的意思是……让我带文绣到已经开放了的故宫一游？"

"没错，也许只有这样，才能真正打开她心中的枷锁。"张社长估摸着说，"进宫为妃的经历才是伤害她的真正元凶，只有让她自己再次面对，也许才能治愈她心中隐藏的创伤。"末了，张社长还说："文绣她真

是不容易，却总能给人一种祥静和安宁的感觉，听说她刚回京那会儿有
不少汉奸和日本人想利用她做出有伤国体的事情，都被她拒之门外，溥
仪也曾经派人请她再回去当皇妃，但她却因溥仪投敌叛国而断然拒绝了，
一个女人在乱世中还能保持如此气节，我等男儿也未必能有几人做得到，
实在是可钦可佩啊！"

"谢谢表兄，我知道该怎样做了。"

根据张社长的建议，刘振东一面仍然一如既往地珍视着文绣，一面
想着办法怎样让文绣在没有任何压力的情况下，自愿前往故宫一游。

刘振东找到了铃儿帮忙。这就出现了下面的一幕。

一天，在文绣下班后刚走出报社，铃儿就焦急地追上去，拉着文绣
非常气愤地说："主子，您难道都没听说过吗，有很多人进宫里游玩之后，
就在墙上乱涂乱画，还有人竟然把御花园里的名贵花草都连根拔了起来，
偷回家里栽种……"

"这些与我何干？"文绣心里正在为前些日子刘振东求婚的事烦着。

"主子，我刚才说的倒还没什么，实在让我忍不住的就是，咱们住过
的长春宫也遭了殃。"

"那长春宫不是我们的，是国家的。"文绣看似冷漠地说道，"国家的
东西，国家自然会去管理，不用我们瞎操心。"

"没错，铃儿起先也是这么想的，但是我再一想到从前我们在宫中的
时光，就不愿意有人去破坏它。"铃儿一边观察着文绣的神色，一边继续
讲，"那里曾是我们的家呀，所以，我前天忍不住就买了张门票进去看了
看。"她发现文绣的眉目已经开始有了变化，于是，更加用心地说，"主子，
我真是不看还好，看了就为你感到伤心。"

"与我何干？"文绣还是这句话，但语气明显变成了关心的腔调。

"主子那时视咱们长春宫的壁画为瑰宝，不是吗？"

"壁画怎么啦？"文绣停住了脚步，焦急地问道。

"被人一块一块地用刀割了去，现在都已经面目全非了。铃儿想，既然主子在报社工作，不如写篇稿子发表出去，呼吁一下，让游客们要爱惜宫中的文物……"

"别说了，现在就带我去看看。"文绣说着，就已经招呼来了两辆黄包车，二人直奔向紫禁城。主仆俩买了票后，便轻车熟路地直奔向皇宫中轴线西边的长春宫，然而，迎接她们的只有一把锈迹斑斑的铜锁。文绣恍惚间回首观望，仿佛时光交错，记忆里成群的太监宫女与如今穿梭其中的如织游人，形成了两种不同的心境和格局。她的思绪在刹那间混乱起来，只觉得一阵眩晕袭来，她靠在长春宫的门沿边无力的滑向地面。这时，一双大手有力地挽住了她，并将她扶坐在这长春宫宫门的门槛边。文绣一惊，回过头来，眼前的是一个熟悉的身影，这个身影不是逊帝溥仪，而是戎装在身的军官刘振东。铃儿愧疚地走到她的身边饮泣着说："主子，是铃儿骗了你，其实，为了保护这长春宫里的壁画，管理的工作人员已经暂时将宫门锁了起来，你放心吧，你心爱的壁画没有损害。"

文绣这时候已经回复了精神，轻声安慰道："那就好，你不需自责，我已明白你的用意了。"

"绣，请你原谅，是我让铃儿引你来的。"刘振东爱怜地说道。

"主子，铃儿也是为了您好，如今时势早已有变，您该为自己的将来着想，忘了过去才对。"

"我早已不再想从前了，只是当初，我与溥仪离婚时确有承诺。"文绣满眼伤痛和困苦地望向身旁的刘振东。刘振东长吁一口气，终于让她敞开心扉讲出了拒婚的原因。

"姐姐，你向来是个不拘泥于礼教束缚的女子，你与溥仪的婚姻早已时过境迁了，而且，并非是你不愿意坚守那份承诺，而是时代早变了，你当初承诺的人也早变了，别说他现在下落不明，就算他现在就站在你面前，你觉得还会再一次去选择他，而他也值得你去坚守所谓的承诺吗？姐姐，现在站在你眼前的人，才是真正值得你去托付的！"其后赶来的文姗也劝说道。

"绣，你看看这紫禁城，要是从前，我们这些寻常百姓能随便进出吗？时代变了……"

"这些日子……苦了你。是我糊涂，皇帝早已不在，皇妃也烟消云散了，我只是一个普通的民国女子文绣，那些与皇帝的诺言，早就不存在了……"面对物是人非的紫禁城，文绣仿佛是在喃喃自语，又仿佛是在对刘振东诉说。

紫禁城，的确藏着她心门中的那把钥匙。如今，她也要学着它，打开大门向普通的人开放那样，打开自己的心门了。

文绣再一次回望长春宫，那么熟悉，又那么陌生。是的，那个时代已经过去了，新的时代来临了！

"姐姐，你想清楚了吗？"文姗和铃儿有些焦急地看着文绣。

"好吧，既然来了，那咱们就好好逛逛这故宫，姐姐也以导游的身份，顺便讲讲这里曾经有过的那些皇帝和他妃子们的故事吧。"文绣回过头来，看了刘振东一眼，然后又转过身来，对文姗和铃儿轻轻一笑，说道。

"好啰！我有铃儿陪着就行了，姐姐你呢，就只用把我的姐夫带好就行啦！瞧，你的长情我也给拿来了。"文姗说着，和铃儿交换了个眼色，然后就从布包中拿出了那管玉笛长情。

望着妹妹和铃儿远去的背影，文绣叹了口气，再回过头来，看到的是刘振东灼热的眼神，她微微一低头，看着刘振东伸过来的胳膊，稍微犹豫了下，然后就轻轻地挽上了。两人相视一笑，相伴着，漫步在皇宫的游人队伍中。

"绣，听说老佛爷曾经把长春宫装饰得华丽无比，真有这回事吗？"刘振东心生好奇。

"传闻说得对，但也不全对，长春宫并不是宫中最豪华的地方。"文绣柔和地回答道。

"哦，那你为我细细说说看。"刘振东笑着说道，一改军人的古板，四十多岁的男人就像个情窦初开的大男孩一样。

于是，文绣便熟悉地解说道："前朝乾隆爷的倦勤斋才是紫禁城最豪华的宫殿。倦勤斋是他退位后修身养性的寝宫。为了修建这座寝宫那座寝宫，当时内务府特别请来了欧洲传教士画家郎世宁，据敬懿老太妃说，郎世宁借鉴了欧洲教堂中天顶画和全景画的形式，把它们移植到这倦勤斋里。"然后文绣又说道，"那幅画可是整整占了四间房子的墙壁，全长大约有一百七十多米，画中景致与室内的装饰融为一体，深得乾隆爷的喜爱。"

"那这就算最豪华的了？"刘振东边听边怀疑地问道。

"当然不止这些，寝宫里还摆设着来自世界各地进贡的奇珍异宝以及最上等的艺术品。"

"皇家寝宫果然是非同凡响。"

"那些也不算什么，珍物古玩什么的，长春宫及其他宫内也是有的。而这倦勤斋的建筑级别才是最让人惊叹的。整体看起来不但相当高，而且整个屋架还用的全是紫檀，紫檀上面又挂着上千块极品的和田玉，说起来你可能难以想象，那斋内的小戏台边上仿江南的竹子，可全都是用金丝楠木仿制的。"文绣叹了口气，然后说道："极尽奢华，又低调雅致，这才是真正的艺术融进了生活……"

"哦，这还真是让人大开眼界了。绣，我们离开这里吧，那是皇帝的生活，我们只做一对简单的夫妻就行了。"刘振东不等文绣再说下去就打断了她，这些奢华的生活和讲究的艺术，并不是他所熟悉的，也不是他真正感兴趣的。其实，细密幽深如文绣者，刘振东哪能全懂，文绣对于艺术的高雅情思和追求，他也更不可能真正了解，他希望的只是普通人的生活，一日三餐的夫妻。而曾为沧海的文绣，此刻也是希望过上普通人的生活。

他们，是在此时此地可以走到一起而又恰好走到了一起的人，所谓的缘分，或许本来就是这样的吧。

两人的身后，奢华或者破旧的紫禁城渐渐远去了，只留下一缕如烟似雾的影子消散在风中。

1947 年夏，文绣和刘振东结成了夫妻。婚后，两人在西城白米斜街33 号院安了新家。

第三十章 暂时安宁

"啊！真是妙。"

"绣，你做梦了？"刘振东微微撑起身子，揽过文绣。

"哦，又让你逮着了。"文绣似醒非醒间咕哝了一句。

"老实交代，是不是又迷上哪个名角了？"刘振东笑着说道。

"哪有，看把你小气的，再说人家若是名角，那戏迷必定多的是，多我一个也无妨。"文绣双眼迷离地在黑暗中轻笑。

"别人行你却不行。"刘振东假装生气地说，"你是我的。"

"那你猜猜刚才我梦到什么了？"文绣轻轻地转过身来，定定地看着刘振东说，"我又看到了康熙爷为广和楼写的那副楹联，真是妙啊！"

"什么楹联呢？说出来听听。"刘振东心里有些泄气，文绣又是谈起了诗书字画这类他并不感兴趣的东西，不过，他也不想让文绣看出他内心的真实感受，急忙装出一副饶有兴趣的样子问道。

"日月灯，江海油，风雷鼓板，天地间一番好戏；尧舜旦，文武末，莽操丑净，古今来许多角色。"文绣一字一句地将广和楼的门联念了出来。

"好，真是写得不错，戏如人生，人生如戏啊！"刘振东也还是粗通文墨之人，点评也并不外行。

文绣听了，也点点头，认同丈夫的点评。

婚后的二人世界还是充满了很多温馨和惬意的。孤寂多年的文绣，很是沉浸在这种温馨宁静的生活氛围中。偶尔午夜梦回，睁眼看看眼前的黑夜，顺手摸摸身边的爱人，听听他呼吸均匀的轻微鼾声，觉得有一种沉醉的满足和踏实感，然后重新安静地睡去。

远处，天宁寺传来了悠远绵长、圆润洪亮的钟声，黎明正在悄然来临，再过一阵子，院子外的胡同里就会飘溢着各色的气味，那是小时候再熟悉不过的味道。

一觉醒来，发现天已大亮。繁华的前门外，人来人往的喧哗声一片，好不热闹。

"怎么，醒啦，要不要再睡会儿？"刘振东对刚刚醒来的文绣宠溺地说道，快活得像个孩子似的。

"要起来啦，不然又没了好位子。"文绣撒着娇。

梳洗罢，文绣挽着刘振东的胳膊，招来一辆黄包车，急急朝戏园子赶去。

"坐远点才好，要不又让台上的那些角儿迷得像昨夜里一样说胡话。"刘振东开着玩笑，将文绣的手拉得更紧了。

"谁迷角儿啦，我是迷的对联好吧！"文绣假装生气道。

"好啦好啦，逗你玩儿的！"刘振东笑着说。

两人在黄包车上你一言我一语，一副幸福的小儿女之态，逗得黄包车夫也不时回头看看他俩，笑着继续拉车。

这夫妻二人是要赶去听戏的。始建于明末的广和楼就在他们住家的不远处。广和楼曾是大盐商查氏的私人花园，康熙年间，查家茶楼才改称为广和楼。清末至民国初年是广和楼的黄金时代，当时京城中不少的名角都曾在此登台献艺。

"再怎么好看也没有梅老板扮得好。"随着跑堂的引领这夫妻二人选了二楼一处包间坐下后，文绣有些怀念起了京剧大师的风采。

"一听这话，就知道夫人您是见过大世面的。"跑堂的伙计利索地递上洒了香水的手巾招应着说，"才从冰水里投过的，又香又凉，二位请慢用。"然后又说，"小的先去外面忙着，二位有事尽管吩咐。"

"梅兰芳是位了不得的大师。"看跑堂的出去了，刘振东也赞同地说道，"可惜他如今已不再登台献艺了，据闻他现在醉心于作画。"

文绣也说："是啊，早年听溥儒说，梅老板为了更好地在舞台上呈现戏曲的艺术性，便有意从绘画中吸取灵感，并且与齐白石那样的大家也是亦师亦友。"

"梅老板为了反抗日本人，表明自己的气节，蓄须明志的事迹确实值得尊敬，当时军中兄弟们也是非常敬佩。"

"哟，我得再跟你说，梅老板的戏迷里可也是有你夫人的名字的哟。"文绣神采飞扬地说着，看了丈夫一眼。她觉得眼前的一切都是这样的舒心，眼前的男人让她不再感受流转于岁月间的那种悲情。时下的文绣，也学着赶潮流，将顺滑如丝的长发剪短，穿一身漂亮合体的旗袍，或者换身新式的洋装，一脸幸福的小女人的模样。

时代大潮滚滚向前，不久，新的时代又到来了。

1949 年 1 月，北平和平解放，这座古城又迎来了新的主人——伟大的中国共产党。不久，人民政府就发布通令，要求国民党时期遗留下来的军警和宪兵等人员，都要进行实名登记。面对此情此景，刘振东既为历经磨难的古城迎来和平而兴奋，又为自己的身份和前途而担忧。要知道在那时，大量前国民党军政大员都先后亡命台湾或者海外。作为一名前国民党高级军官，刘振东也与文绣商量，是否一起追随李宗仁及其部下离开北平，前往香港。

文绣和丈夫一起分析了眼下的局势，然后诚恳地对丈夫说："虽然你的前长官如今已离开北平，将来可能还会前往台湾或流亡海外，但我并不主张你跟随而去。原因很简单，无论你将来到哪里，你都是一个中国人，这里永远都是你的故土，你都会回来。与其这样，不如就留下来，就像你曾经鼓励我的那样，留下来迎接新的时代，我相信，新的人民政府会接纳你的。如果你真的要走，我也无法强留，但我文绣是绝不会跟你同往的，我的根在这里。"

文绣的话句句在理，刘振东经过再三权衡，最终听从了妻子的劝导，在规定的时间前往所辖街区，交代了自己曾经的历史。不久，就接到人民政府对其宽大处理的回复。夫妻俩悬着的一颗心终于可以放下了。

可是，没了军官的职务，也就没了稳定的生活来源，夫妻二人只能用日常攒下的一点积蓄合计着做点买卖。这次，文绣听从了丈夫的意见，两人用手中不多的钱开了家车行，靠出租平板车的收入维持基本的生活，但军人出身的刘振东哥们义气重不说，更不愿在些细枝末节上精打细算，生意没做多久，就出现了亏损的情形。可他自己心急如焚却又不愿让文绣担心，继续隐瞒的结果便是，他开始四处借钱，维持生意尚可的假象。直到车行的工人因实在要不到工钱找上门来时，文绣才不得不面对残局，毅然卖掉了家当和宅院，替夫还债。从此，夫妻二人的的生活陷入了贫困。

"我先起床，你再睡会儿。"为了家中能有米下锅，文绣在铃儿的帮助下，在人多的城墙根儿下支了个铺子，做起了小买卖，每天天不亮，就早早地起床前往，一直守到夜深无人才收摊回家。即便这样，赚的钱仍是有限，生活过得异常艰难。妻子的担当和操劳，逼得刘振东也在无奈中开始放下身段，四处寻找打零工的机会。街区的办事员知道他们的情况后，向上级作了反映，不久，刘振东就被安排到西城区清洁队工作。文绣为了更好地照顾和陪伴丈夫，便就近在清洁队所在的劈柴胡同租了间房子，将家安在了那里。

经历了一番变故，二人的生活总算又安顿了下来。

尾声 浮生若梦

　　文绣病了，夜里总是咳嗽。

　　这劈柴胡同里的家不仅光线不足，地方也狭小得很，通共也就一间，烧饭就只能在屋檐底下支个简陋的棚子，天气晴朗的日子，倒也还能凑合，一旦下雨下雪的天，那可就受罪了。得把煤炉拎到仅有的这间房子里来，这样一来，满屋子的油烟混着饭菜味，熏得人眼泪鼻涕一大把，不停咳嗽；连衣服被褥等，都早被重重地熏上了艰难的色彩，从前鲜亮雅静的一切已然暗淡，看不出纹理，看不出生机。而且，很多的人同住的大杂院，整天都是吵吵嚷嚷的，刘振东不习惯，文绣也一时适应不了。但生活就是如此不近人情，甭管你有多不易，只要活着，日子总是一如继往地与你为伍，忠实地不离不弃。

　　虽说清洁队的工作收入可勉强应付夫妻俩的一日三餐，但俗话说得好，贫贱夫妻百事哀，日子久了，枯燥的工作、拥挤的居住环境、拮据艰难的日子，夫妻俩之间也在所难免地产生了些矛盾。忧愁千头万绪，往事不断袭扰心头，文绣的病更重了，整夜整夜地咳嗽，心口一天疼似一天，从前饱满的肌肤也开始干瘪下去，人一天比一天憔悴，从前那些好看的衣物现在再穿在她的身上，那就是一种挖苦和嘲讽。她懊恼不过，索性在身体稍微能强撑得住的时候，将它们拿到天桥旧货市场贱卖掉了，然后拿着少得可怜的一点钱去买些药回家。

现在的文绣，面色枯黄瘦弱，瑟缩在摇晃不稳的旧木床上，闭目静听着屋外北风的呼啸，病痛的折磨让她看上去显得有些呆滞，她呆呆地盯那管斜挂在床头的玉笛长情，脑子却是那样清醒，往昔的岁月浮现在眼前，如烟似雾，飘飞不散。生命的终点就要临近了吗？她隐隐地想，一切都要结束了吗？

一阵急促的脚步，她知道，那是丈夫收工回来了。可她再也没有力气像往常那样欢快地迎出门去，轻快地接过他手上的背包。

"绣，你可好些了吗？我才买的糕点，你尝尝。"看着妻子因呼吸不畅通而剧烈起伏的胸脯，苍老了许多的刘振东，连忙弯腰查看妻子的病情。此刻的他，也不复从前的俊朗挺拔了，佝偻着腰背，看上去憔悴无比。

"好不了啦，只能这样了，不要担心。"文绣用尽力气说完后，又大口喘着气。枯黄的脸上突然显出几丝病态的红晕，好像比往日精神了些许。

"怪我没本事，没能让你过上好日子。"刘振东眼见妻子这样，心如刀割。

文绣用眼神示意他别这样，刘振东这才止住悲伤。

"我这去给你做点吃的。"刘振东转身就要去生炉子做饭。

"别，我不饿，你坐下，我们说说话。"文绣努力伸手拉了他一下，刘振东有些吃惊，今天怎么啦，妻子一反常态。他的心突然一缩，有种说不出的不好的感觉，他赶紧压下去。刘振东抓住文绣枯瘦无力的手坐在床沿边。"你生病没力气，我来说，你来听吧"。

"我要走了，只是不忍心丢下你一个。"文绣用尽力气说道。

"你瞎说什么呀，你让我坐下来就是谈这个的啊！"

文绣再也没有力气说话了，只是静静地看着刘振东，这个陪伴了自己将近十年的男人，这个真正给予自己人生宽慰和温暖的男人，可惜，什么都是缘分，相识也是，分别也是。

"我该怎么办?!"刘振东将妻子抱在怀里,问着自己,也问着怀里的人。

文绣用尽最后的力气,急剧地咳嗽着。一口鲜血从她的口中涌了出来,刘振东慌忙之中用手去擦,可是越擦越多,他急着去找手帕。

文绣看着急着转身去找手帕的丈夫,她想示意他不用了。可最终只能努力使身体轻轻动一下。突然,一阵猛烈的咳嗽伴随着剧烈的心痛感袭来,文绣觉得全身的力气就在这一瞬间失去了。

"我走了,你要保重!"她的嘴角轻微动了动,眼前的世界随之暗淡了下去。

等慌慌张张的刘振东回到床前时,眼前的妻子仿佛睡着了,那双曾经无数次握过的手静静搁在床沿上,曾经愁苦的面容已经舒展开来,安详而宁静,好像明天还会醒来一样。

"啊——"刘振东再也忍不住恸哭起来……

北京城外的义地里,有个男子在一处新坟前悲伤地伫立着,坟里埋着他的妻子:额尔德特·文绣。

1953 年 9 月 17 日,文绣因为长期剧烈咳嗽引发心肌梗塞,不治而亡。几块木板拼凑成的简单棺木,连一块墓碑都没有的坟墓,这就是中国最后一位皇妃的归宿地。

第一稿:2016 年 08 月 20 日

第二稿:2016 年 09 月 04 日

第三稿:2016 年 11 月 23 日

第四稿:2017 年 02 月 11 日

第五稿:2017 年 04 月 18 日

《末代皇妃——文绣传》跋

查振科

　　安庆和徽州各取一字而成安徽之名，这两个地方也被公认为是安徽文风最盛的代表地区。说起安庆的文化积淀如何如何，人们总是把桐城派以及一系列文化名人拿出来作标榜。其实我觉得，最要看重的是，文化基因如何深入在这一地区民众普遍的心理中，执着而又自然，仿佛与生俱来，挥之不去。言谈举止优雅，重礼节，重教育，为人处世不激烈，民俗文化浓郁，民风朴素，亲睦等等，都是可以观察到的。除开那些以文为生的职业文人，还有，在各行各业的人中，把写诗作文作为自己的爱好，乐此不疲，却是一个庞大的群体，而其中不乏佼佼者。

　　近年来，安庆地区出了一位 80 后女作家，出手便是一部长篇小说《瓦屑坝》。写元末明初时期战乱后，人们从江西瓦屑坝向全国各处，如湖北、安徽以及安庆等地移民的故事和事件发生时期的经过。由于历年战争，中国东南部地区，包括长江流域，人口锐减，明朝不得不进行全国性大规模移民，以使大量荒芜土地得以复耕。于是，北方有了大槐树移民集散地，而南方的一个重要集散地就是瓦屑坝。这种具有史诗品格的历史内容，对于一个初出茅庐的写作者来说，似乎并未让她感到叙述捉襟见肘，无论是对于宏阔历史画面的把握，还是对五行八作人物心理的刻画描写，抑或山川风物，世情民俗，在她的笔下，一齐鲜活起来，不由你不赞叹她驾驭语言的能力。

据石楠先生介绍，徐金云女士并未受过骄人的教育。一个农村女孩子，做一份赖以为生的活计，在滚滚红尘中，与芸芸众生不见得有何特异之处。然而，《瓦屑坝》让我们有机会得以认识这位奇女子。没有良好的教育背景，没有创作方面所谓的名师指点，似乎与所谓文化平台全无因缘。就是这样，她将《瓦屑坝》毋庸置疑地放在了你的面前，让那些信口开河谈论文学的人们不得不谨慎起来。《瓦屑坝》面世才一年的工夫，她的第二部作品《末代皇妃——文绣传》又已杀青，送交出版社。我有幸在出版之前读到这部作品。这部作品与《瓦屑坝》取材范围完全不同，从民间百姓一下子跳到了皇宫贵胄，从历史重大事件叙说跳到了现当代真实人物的心灵解读。传主文绣乃清朝镶黄旗贵族，辛亥革命后却做了逊帝溥仪的皇妃。从文绣出生、父亲去世、家道中落、选妃入宫、爱情与宫斗、溥仪逃京与日勾结，到毅然与溥仪离婚、安于平民生活、再婚、逝世，把一个末代皇妃短短的一生写得跌宕起伏，血肉丰满。不仅写出了与这位末代皇妃所生活的那个波诡云谲的时代面影，更是写出了一个出淤泥而不染、在民族大义面前是非分明、在种种不堪的人生遭际中坚韧前行的奇特女性。作者仿佛一直跟随在她身后，目睹了她人生轨迹的演进变化；又仿佛是她的挚友，深知她内心世界的愁苦与高洁。而对皇城宫阙的布构、京城物事的风俗似乎也是了如指掌。这部作品显示了作者愈加成熟的叙事自信。

文学应该是人类的心灵史，优秀文学应该触摸到一个时代人类精神的高度、宽度与深度。在一个享乐主义时代，泛文学大行其道，两者合谋，大有终结文学之势，然而，我依然坚信并信守文学的道义。因此，徐金云以及徐金云们的努力，决不会是徒劳的。

2017 年 9 月 19 日